KB213954

숨은
냥이
찾기

우리보다 조금 더 따뜻한
고양이의 시간

숨은
냥이
찾기

글·사진 진소라

야옹서가

목차

고양이 관계도 8

급식소 지도 9

서문 10

1장 길에서 집으로

1. 고양이가 요정처럼 보이는 나, 정상인가요? 16

2. 화단에서 만난 묘연 22

3. 뽀또와 '과자 친구들' 26

4. 첫 중성화 수술 30

5. 우리 사이는 34

6. 오늘부터 1일차 캣맘 38

7. 아빠 고양이의 육묘 스트레스 42

8. 밥만큼 물이 소중한 이유 45

9. 전설의 물냥이를 찾아서 48

10. 뽀또의 비밀 정원 52

11. 사랑도 계절처럼 변하네 56

12. 초코의 이른 독립 60

13. 삼냥이네 길집사들 64

14. 말괄'냥이' 파베 68

15. 살려고 찾아온 업둥이 렉터 72

16. 가을 타는 고양이 76

17. 월동 준비 80

18. 마음으로 교감하는 사이 85

19. 옆 동네 대가족, 미쯔네 88

20. 고양이를 따라 굴러 보았습니다 91

21. 사랑스러운 내 새끼 96

22. 하숙 고양이, 푸딩이 100

23. 저리 가라옹! 104

24. 따라쟁이 오레오 106

25. 고양이 발자국 110

26. 쿠키와 크림 114

27. 고양이들의 밤 117

28. 우산 아래 싹튼 자매애 122

29. 한숨의 의미 126

30. 묘생 첫눈 129

31. 미끄럼틀 타는 고양이 보셨나요? 134

32. 형제는 싸우면서 자란다 137

33. 미쯔의 봄날 140

34. 고양이들의 꽃놀이 142

35. 놀라운 '뽀또 효과' 146

36. 넘어지면 뭐라도 주워라 149

37. 독불장군 돼지바의 새 친구 154

38. 폴리의 벌레 잡기 대소동 158

39. 숨길 수 없는 귀여움 162

40. 자연 속 캣타워 164

41. 돼지바의 추격전 167

42. 우리 집에 가자 172

43. 집고양이로 적응하는 기간 176

44. 뽀레오와 영원히 181

2장 고양이 여행

1. 고양이 여행을 떠나는 마음 192

2. 한겨울 차밭에 봄이 오네 194

3. 바다 고양이가 눈을 못 뜨는 이유 200

4. 타고난 사랑꾼 204

5. 고양이가 알려준 맛집 210

6. 귤밭의 한량들 214

7. 쓰레기장에도 볕은 든다냥 220

8. 고양이 본연의 모습 찾기 223

9. 궁궐 고양이들의 영역 쟁탈전 226

10. 대나무숲 고양이 232

11. 갈대 같은 고양이 마음 236

12. 고양이 따라 동네 한 바퀴 240

13. 길고양이와 친구가 되는 공원 244

14. 지붕 위의 고양이 가족 248

15. 고양이 경로당 254

16. 슈퍼마켓 점원 고양이, 까맹이 260

17. 고양이를 싫어한다는 말 264

18. 행복한 시장 고양이들 268

19. 궁궐 고양이들의 숨은 명당 272

20. 적당한 안전거리 280

21. 고양이 싸움에서 얻은 지혜 284

22. 다시 만난 지붕 고양이 가족 286

23. 길고양이를 칭찬하는 이유 290

24. 햄버거와 맞바꾼 촬영 시간 294

25. 혼자 놀기의 달인 298

26. '묘델'을 만나다 302

27. 고양이도 성격 유형이 있다면 306

28. 거리 두기는 싫다냥 312

29. 뚱이가 아니고 쁜이예요 316

30. 고양이 자랑은 끝이 없어라 320

31. '단짠단짠'의 기적을 믿는 할머니 324

32. 어릴 적 살던 동네에서 '고양이 여행'하기 330

33. 내가 찾던 행복의 얼굴 336

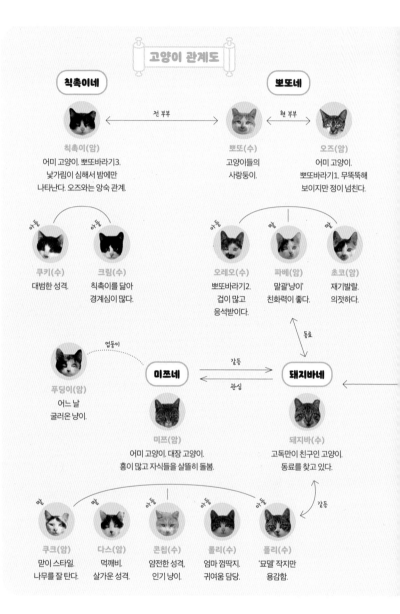

고양이 관계도

칙촉이네

뽀또네

칙촉이(암)
어미 고양이. 뽀또바라기3.
낯가림이 심해서 밤에만
나타난다. 오즈와는 앙숙 관계.

전 부부

뽀또(수)
고양이들의
사랑둥이.

현 부부

오즈(암)
어미 고양이.
뽀또바라기1. 무뚝뚝해
보이지만 정이 넘친다.

아들

쿠키(수)
대범한 성격.

아들

크림(수)
칙촉이를 닮아
경계심이 많다.

아들

오레오(수)
뽀또바라기2.
겁이 많고
응석받이다.

딸

파베(암)
'말괄'냥이'
친화력이 좋다.

딸

초코(암)
재기발랄.
의젓하다.

업둥이

푸딩이(암)
어느 날
굴러온 냥이.

미쯔네

갈등

관심

돼지바네

동료

미쯔(암)
어미 고양이, 대장 고양이.
흥이 많고 자식들을 살뜰히 돌봄.

돼지바(수)
고독만이 친구인 고양이.
동료를 찾고 있다.

딸

쿠크(암)
맏이 스타일.
나무를 잘 탄다.

딸

다스(암)
먹깨비.
살가운 성격.

아들

콘칩(수)
얌전한 성격,
인기 냥이.

아들

롤리(수)
엄마 껌딱지.
귀여움 담당.

아들

폴리(수)
'묘델' 작지만
용감함.

갈등

급식소 지도

뽀또네 공원
소나무
급식소
분수대
미끄럼틀

뽀또의 비밀 장소
집
칙촉이 영역
급식소

삼냥이네
급식소

하천

도로
도로

돼지바 영역
바위 분수대
급식소

미쪼네 공원
띠라칸다 꽃밭
급식소
호수

갈등 →

삼냥이네

업둥이

남매

세찌(암)
까탈스럽지만 정이 많은 무릎냥이.

네찌(수)
역마살 고양이. 모험심이 강하다.

뺑뺑이(암)
성인군자처럼 온화하다.

렉터(수)
큰 병을 이겨낸 기적의 아이콘.

사람 사는 곳이면 어디든 있는 고양이들이지만, 때로 내게는 수호천사처럼 느껴진다. 힘든 날 집으로 오는 길에 길고양이들을 우연히 만나면 위안이 된다. 귀를 쫑긋 세우고 바라보는 고양이와 눈이 마주치면, 내 고민을 어루만져 주는 것 같아 고맙다. 가끔은 고양이들의 사랑이 너무 크게 느껴져 감히 이 사랑을 받아도 되나 싶다.

폭신한 고양이 털에 가만히 손을 대면 서서히 온기가 느껴진다. 실제로 고양이 체온은 38.5℃. 사람보다 겨우 2℃ 높을 뿐인데 어쩌면 이리 따스할까. 털 속에 살짝 감춘 따스함, 이게 바로 사랑이구나 싶다. 세상에 없는 줄 알았던 따끈하고 폭신한 존재가 고양이였다는 걸 깨달았을 때 한 사람으로서, 또한 '고양이 사진작가'로서 인생 2회차가 시작되었다.

처음부터 고양이를 찍겠다고 작심하고 카메라를 든 것은 아니었다. 대학에서 일본학을 전공했을 뿐 사진을 전문적으로 배운 적도 없었다. 충동적으로 카메라를 손에 쥔 것은 예상치 못한 인생의 고비를 만나면서부터였다. 1년간의 일본 교환학생을 마치고 대학을 졸업했을 때, 난치병 진단을 받았다. 건강 회복이 급선무였기에 취업도 미루고 투병을 시작했다. 아무것도 할 수 없던 긴 시간을 견디기 위해 산 것이 디지털카메라였다.

처음엔 뭘 찍을지 몰라 풍경을 찍기 시작했다. 비슷비슷한 사진에 흥미를 잃어갈 무렵, 우연히 길고양이가 프레임 속으로 들어왔다. 분명 어제와 같은 풍경인데 고양이가 사진에 등장한 것만으로도 애정이 생겼다. 입 주위에 치즈 크래커처럼 동그란 무늬가 있던 고양이에게 '뽀또'라는 이름을 지어주고 길고양이들의 삶을 지켜보기 시작했다.

그렇게 시작한 길고양이 사진이 쌓여가면서 인스타그램에 '캣바이스냅(@cat_by_snap)' 계정을 만들었다. 고양이가 사람 말을 배워서 직접 서툴게나마 글을 쓴 것처럼 짧은 글과 함께 사진을 올렸다. 하루 한 장씩 일기 쓰듯 고양이 사진을 공유하는 일은 어느덧 일상이 되었다. 인스타그램 이웃들과 길고양이 이야기를 나누는 일은 즐거웠다. 소일거리로 시작한 일이지만, 내 사진을 보고 길고양이에 대한 생각이 달라졌다는 분들을 접하며 책임감도 생겨났다.

어느 날 촬영을 마치고 집으로 돌아왔을 때 문득 마음을 짓누르는 무게감을 느꼈다. 길고양이를 만나러 떠난 곳에는 마냥 행복한 순간만 있지 않았다. 거기엔 길에서 살아가는 생명의 가혹한 현실이 있었다. 길고양이들은 때때로 아팠고 사람을 보면 도망가기 바빴다. 하지만 혼자 힘으로는 당장 해결할 수 있는 일이 없었다. 무력감이 밀려왔다. 고양이가 좋아서 찍기 시작한 사진이었지만, 처음으로 사진 찍는 일에 회의를 느꼈다.

그동안 찍은 사진들을 처음부터 한 장씩 넘겨보았다. 길 위의 묘생은 고단함의 연속이지만 그들에게도 순간의 기쁨은 있었다. 내게도 힘겨운 시절이 있었지만, 돌이켜보면 즐겁고 신나던 날이 분명 있었던 것처럼. 깜깜한 밤길을 걷듯 미래가 보이지 않는 시간을 견딜 수 있게 하는 건 행복했던 기억이다. 누구나 그 기억의 힘으로 살아간다. 길고양이도 마찬가지 아닐까.

서로 사랑하고, 장난치고, 짧은 여유를 즐기는 고양이의 모습 속에는 뚜렷한 행복의 순간이 있었다. 그것을 발견했을 때 희망을 느꼈다. 비록 지금은 내 힘이 미약하지만, 고양이를 위해 할 수 있는 일부터 해 나가자고 다짐했다. 다시 카메라를 들고 나설 수 있도록 의욕을 북돋아 준 존재 역시 고양이였다.

야옹서가에서 출간 제안을 받고 단행본을 준비하면서, 2020년 5월 네이버 동물콘텐츠 공식 포스트 ㈜동그람이에 길고양이 사진 칼럼 〈진소라의 숨은 냥이 찾기〉 연재를 시작했다. 수만 명의 독자와 만나면서 다양한 의견을 접했는데, 내 글로 인해 마음이 따스해졌다는 이야기를 들을 때 가장 보람을 느꼈다. 길고양이들로 인해 사람들이 행복해지고, 사람으로 인해 길고양이의 삶이 나아지는 것-그게 바로 글을 쓰게 된 가장 큰 이유였기 때문이다.

숨은 길고양이를 찾아다닌 지 어느덧 3년째, 내 삶에도 크고 작은 전환점이 생겼다. 고양이를 멀리서 바라보기만 했던 '랜선 집사'였지만 어느새 동네 길고양이 TNR까지 추진하게 되었고, 길고양이 사진가가 되었고, 부자지간인 길고양이 뽀또와 오레오를 동반 입양하게 되었다.

길고양이의 삶을 기록하며 살기로 결심한 이상, 앞으로도 힘든 현실과 마주하게 될지 모른다. 그래도 그 속에서 슬픔보다는 희망을 찾아내려 한다. 막막한 세상에서도 우리를 살아가게 하고, 결국 그 세상을 바꾸는 힘은 희망에서 시작되니까.

1장

길에서
집으로

1. 고양이가 요정처럼 보이는 나, 정상인가요?

고양이는 요정이 확실하다. 일단 겉모습부터 살펴보자. 날개는 없지만 뛰어난 운동신경 덕에 제 키의 다섯 배나 되는 곳도 자유자재로 뛰어오른다. 공기처럼 사뿐히 몸을 날리는 모습을 보면 신비롭기까지 하다. 조그마한 역삼각형 얼굴에 유리구슬처럼 반짝이는 눈, 햇빛을 받으면 반짝이는 뾰족한 귀까지 요정을 닮았다.

요정이 인간에게 쉽게 마음을 열지 않듯 고양이 마음도 여간해선 얻기 힘들다. 낯선 이와 마주치면 놀란 눈으로 금세 달아난다. 어린 고양이들은 어찌나 재빠른지 얼굴 한번 제대로 보기 어렵다. 우리 곁에 살지만, 쉽게 다가갈 수 없는 존재. 그래서 더 요정처럼 보이나 보다.

고양이와 친해지기 어려운 걸 알면서도 막상 달아나는 뒷모습을 보면 속상했다. 인간과 고양이는 언제부터 멀어졌을까. 안타까운 마음에 엉뚱한 상상을 하기도 했다. 판타지 소설에 요정과 인간을 중재하는 존재가 있는 것처럼, 우리가 사는 세상에도 고양이와 인간 사이를 잇는 중재자가 있으면 좋겠다고. 불현듯 이런 생각이 들었다.

'내가 한번 시도해 볼까?'

고양이를 모르던 시절, 머릿속 길고양이의 이미지는 앞발을 모으고 긴장한 채 선 모습이었다. 하지만 만남이 거듭될수록 새로운 모습이 기억 속에 차곡차곡 쌓여갔다. 개구쟁이처럼 장난치는 모습, 혼자만의 세계에 푹 빠진 모습, 동료와 우정을 나누는 모습…. 고양이에게 이토록 다양한 얼굴이 있었다니. 더없이 사랑스럽고 때론 애틋한 그 모습을 사람들에게 보여주고 싶었다. 내 사진을 본 사람의 눈에 주변 고양이들이 들어오기 시작한다면, 그게 바로 인간과 요정의 거리를 좁히는 첫걸음이라 생각했다. 고양이 사진 찍기를 거듭하면서 골목에서 만난 길고양이들이 나를 중재자의 길로 이끈 셈이다.

요정을 찾는 마음으로 오늘도 고양이를 사진에 담는다. 내 사진을 통해, 몰랐던 고양이의 모습을 새롭게 발견하는 사람들이 늘길 바라면서.

서로를 바라보는 눈빛에

꿀이 뚝뚝 떨어진다.

묘생 첫눈을 바라보는
고양이는 어떤 기분일까?

친한 고양이들끼리는 만나면 반갑다고
코를 맞대며 인사를 한다.

화단에서 만난
묘연

유채꽃이 한창이던 2019년 봄. 일몰 출사를 다녀오는 길이었다. 집 앞에서 치즈색 얼룩무늬 길고양이와 마주쳤다. 근처에서 한 번도 본 적이 없는데 어디서 나타났을까? 야무지게 5 대 5 가르마를 탄 앞머리가 인상적이었다. 신기한 마음에, 집에 가서 언니에게 보여줄 요량으로 카메라를 들었다.

고양이는 회양목 뒤에 숨어 "뭐 하는 사람이냥?" 하고 묻듯이 몇 초간 응시했다. 놀라게 할 마음은 없었지만, 연사를 날리느라 셔터음이 "차라라락" 터지자 화들짝 놀라 달아났다.

언니에게 사진을 보여주었더니 "이 동네에서 삼 년을 살았는데 처음 보는 길고양이네" 했다. 망원렌즈 줌을 한껏 당겨 확대해 본 고양이의 눈에는 경계심이 어렸지만, 초롱초롱한 눈빛에는 호기심이 엿보였다. 입 주위 동그란 무늬가 꼭 치즈 크래커 '쁘또'를

닮아서 귀여웠다. 언니와 나는 홀린 듯이 "얘는 뽀또라고 부르자" 하고 입을 모았다. 길고양이에게 이름을 붙여준 건 처음이었다. 이름을 부르니 전부터 알고 지낸 사이처럼 느껴졌다. 고양이를 키워본 적도 없는 내게 '묘연(猫緣)'은 그렇게 예고 없이 불쑥 찾아왔다.

지금에야 드는 생각이지만, 운명의 고양이가 눈앞에 나타나길 기다렸던 것 같다. 돌이켜보면 오래전부터 고양이를 좋아했다. 휴대전화 사진첩에는 인터넷에서 갈무리한 귀여운 '고양이 짤'이 잔뜩 있었고, 카카오톡 프로필도 고양이 사진이었다. 내게도 나름대로 랜선 집사의 역사가 있었던 셈이다.

그런데도 가까운 곳에 이렇게 귀여운 고양이가 있으리라곤 생각하지 못했다. 내가 본 길고양이는 대부분 눈이 마주치자마자 달아났기 때문에, 원래부터 사람을 피하는 동물인 줄 알았다. 나 때문에 겁을 먹을까 싶어 일부러 다가간 적도 없었다.

하지만 우연히 눈에 들어온 뽀또를 만나고, 예사롭지 않은 행동을 지켜보며 이 고양이에겐 어떤 사연이 있을지 호기심이 커져만 갔다.

뽀또와
'과자 친구들'

이튿날 밤, 뽀또를 보러 가려는데 언니가 먹을 만한 것을 가져 가자고 했다. 하지만 고양이를 키우지 않는 우리 집에는 당장 줄 만한 먹을 것이 없었다. 고양이 캔을 사러 편의점에 갔지만 역시 없었고, 차선책으로 사람용 참치 캔 하나를 사서 물로 헹궈 기름기 를 뺐다.

전날 뽀또를 발견했던 회양목 화단으로 갔지만 보이지 않았다. 하는 수 없이 화단에 참치를 담은 그릇을 두고 돌아서는데 부스럭 소리가 났다. 뽀또였다. 고소한 참치 냄새를 맡고 어디선가 나타난 것이다.

당장이라도 먹고 싶은 표정이었지만 일단 눈앞에 있는 사람이 믿을 만한지 살피는 눈치였다. 안심하라며 우리가 몇 걸음 뒤로 물 러서고 나서야 뽀또는 잽싸게 참치를 먹기 시작했다. 언제든 달아

날 수 있게 뒷다리에 힘을 꽉 준 채였지만. 어찌나 맛있게 먹던지 싹싹 비운 그릇을 보니 뿌듯했다.

그날 이후 언니와 나는 거의 매일 밤 뽀또를 만나러 갔다. 첫날 급조한 사람용 참치 캔은 고양이 전용 캔과 간식으로 업그레이드 되었다. 뽀또는 언제나 멀찌감치 떨어져 안전거리를 유지했고, 먹고 나면 곧바로 화단 속으로 숨었다. 가끔은 멀리서 배를 보이며 뒹굴뒹굴 굴렀다. 그냥 배부르고 기분이 좋아서 뒹굴었을 테지만, 언니와 나는 고맙다는 표현인 줄 알고 달콤한 착각을 했더랬다.

길고양이 맛집이라고 소문이라도 난 걸까. 얼마 지나지 않아 화단에는 뽀또의 친구들까지 종종 찾아오기 시작했다. 새로운 고양이가 눈에 띌 때마다 과자 이름을 따서 이름을 지었다. 고양이들 이름을 전부 과자 이름으로 짓게 된 데는 나름의 이유가 있다. 동물에게 음식 이름을 붙여주면 오래 산다나.

"야아아아옹!"

새벽 네 시, 뽀또가 포획틀에 갇혀 서럽게 운다. 풀어줘야 하나? 죄책감이 밀려왔다. 잘하는 일인지 알 수 없어 두려웠다. 하지만 결단을 내려야만 했다. 눈을 질끈 감고 포획틀을 들었다. 바깥 기온은 겉옷을 걸쳐야 할 만큼 선선했지만, 포획틀 무게와 긴장감 때문인지 땀이 비 오듯 쏟아졌다. 내 인생의 첫 TNR 날이었다.

중성화 수술 후 제자리에 방사하는 TNR을 결심하게 된 것에는 여러 이유가 있다. 발정기에 고양이 울음소리로 인한 소음, 반복된 출산으로 인한 어미 고양이들의 고통, 늘어난 개체 수 때문에 일어나는 영역 다툼…. 무엇보다도 중성화 수술을 하지 않은 수컷들은 짝을 찾아 하염없이 돌아다닌다. 행동반경이 넓어지면 로드킬 사고를 당할 확률이 높다. 중성화 수술을 해 주고, 안정적으로 밥을 먹을 수 있게 도와주는 것이 길고양이 뽀또를 위해 내가 할 수 있는 최선의 선택이었다.

뽀또는 울다 지쳤는지 잠잠해졌다. 뜬눈으로 밤을 새우다시피 하고 날이 밝자마자 동물병원으로 향했다. 10분이 채 걸리지 않는 의외로 간단한 수술이었다. 암컷은 개복수술이라 시간이 오래 걸리지만, 수컷은 밖으로 드러난 고환만 제거하면 돼서 빨리 끝난다고 했다.

수술을 마치고 하루 동안은 집에서 돌보며 경과를 지켜보기로 했다. 뽀또의 의식은 바로 돌아오지 않았다. 마취가 깰 듯 말 듯 앞다리 근육만 움찔거리다가 다섯 시간이 지나고서야 완전히 정신이 들었다. 난생처음 겪는 경험에 어리둥절해 보였다. 낯선 냄새가 나는 이곳이 이상해서 당장 탈출하고 싶지만 단념한 것 같았다. 아무리 발버둥 쳐도 소용없다는 걸 깨달았기 때문일 것이다. 하루 동안 수척해진 뽀또의 얼굴을 차마 보기 힘들었다.

포획틀은 고양이 한 마리가 겨우 들어갈 정도로 비좁아서, 좀 더 넓은 철제 케이지와 포획틀 입구를 연결하고 케이지에 물과 간식을 두어 그쪽으로 나오게 유도했다. 하지만 뽀또는 맛있는 냄새에도 꿈쩍하지 않았다.

그런데 잠시 자리를 비운 틈에 뽀또가 그만 사라졌다. 포획틀과 철제 케이지를 케이블타이로 연결해 놨지만, 작은 틈새를 비집고 나온 모양이었다. 고양이의 유연성은 늘 상상을 초월한다. 뽀또가 보이지 않자 머릿속이 새하얘졌다. 다행히 집 안이어서 탈출하더라도 갈 곳은 없었다.

뽀또는 본능적으로 소파 아래 숨어 있었다. 포획틀을 들고 구석으로 몰아넣으니, 소스라치게 놀라 날뛰다가 포획틀 속으로 쏙 들어갔다. 갑갑해하는 모습에 마음이 약해져서 화단에 풀어주었더니 온 힘을 다해 내달리며 멀어졌다.

며칠간 보이지 않는 뽀또를 기다리며 미안함과 걱정이 교차했다. 수술 부위는 괜찮은지, 배신감을 느끼고 피하지는 않을지…. 그래도 화단 속 사료가 꾸준히 줄어드는 걸 보면 무사한 모양이어서, 그걸로나마 위안을 삼았다.

중성화 수술 뒤 영역으로 돌아온 뽀또는 한동안 나를 경계했다.

오른쪽 귀 끝을 내준 대신, 평안한 묘생을 보내게 된 뽀또.

5.

"고양이는 주인을 못 알아보지 않아요?"

뽀또의 중성화 수술을 위해 동물병원으로 갈 때 탔던 택시 기사 아저씨가 물었다. 뭐라고 답하기 어려워 가만히 있었다. 고양이와 나를 주종관계로 생각한 적도 없거니와, 뽀또가 나를 어떻게 생각하는지 알 길이 없기 때문이었다.

뽀또가 갇혀 있는 플라스틱 포획틀을 안고 골똘히 생각했다. 뽀또에게 내가 필요할 거라고는 생각했지만, 정작 뽀또 입장에서 나는 어떤 존재일까? 궁금증을 마음에 품고 지내던 어느 날, 그 마음을 어렴풋이 알 기회가 왔다.

온종일 비가 내리던 늦여름 밤이었다. 날이 궂으니 고양이들을 만나지 못할 거라고 생각했다. 고양이들은 수염으로 날씨를 예측할 수 있는 특별한 능력이 있으니, 비가 내리기 전에 일찌감치 안전한 곳으로 피했을 터였다. 급식소에 사료와 물을 두고 서둘러 돌아가려는데, 어디선가 고양이 울음소리가 들려왔다. 미끄럼틀 근처에서 나는 소리였다.

빨간색 미끄럼틀 밑에는 오즈와 세 아이들이, 초록색 미끄럼틀 밑에는 뽀또가 홀로 있었다. 이래서 모계사회라고 하나. 오즈가 뽀또 옆으로 오니 그제야 뽀또와 그나마 친한 초코가 빨간색 미끄럼틀 아래로 따라왔다. 파베와 오레오는 끝내 꼼짝하지 않았다.

하는 수 없이 원래 밥을 주던 장소가 아닌, 두 개의 미끄럼틀 아래 각각 밥상을 차렸다. 빗속에서 기다리느라 고생했을 것 같아 고양이들이 가장 좋아하는 습식 파우치도 듬뿍 부어주었다.

한입씩 나눠 먹는 것도 잠시, 고양이들은 금세 입질을 멈추고 나를 보았다. 식욕이 넘치던 어린 고양이들도 웬일인지 밥에 관심이 없어 보였다. 그렇게 좋아하던 파우치를 마다한 이유를 알 수 없었다. 배가 고파서가 아니라면 여기서 기다릴 이유는 없지 않은가.

어쩌면 고양이들은 저녁밥이 아니라 나를 기다렸던 걸까? 튕겨 오르는 빗방울을 맞는 불편을 무릅쓰면서도 내가 오는 모습이 잘 보이는 미끄럼틀 아래 모여 있던 걸 보면.

문득, 고양이는 주인을 못 알아보지 않느냐고 묻던 택시 기사 아저씨가 떠올랐다. 그때는 대답하지 못했지만, 지금이라면 답할 수 있을 것 같다. 고양이의 주인은 아니지만, 친구는 될 수 있다고.

오즈와 엄마 껌딱지 딸 초코.

'눈뜨고 보니 캣맘'이라더니 내가 그랬다. 처음에는 가끔 마주치면 간식이나 줄 생각으로 시작했는데, 어느샌가 집에는 대포장 사료 몇 포대가 쌓여 있었다.

동네 고양이들에게 본격적으로 밥을 주게 된 건 오즈의 새끼들을 만났기 때문이다. 체구가 작아서 당연히 청소년이라고 생각했던 오즈에게 새끼고양이가 있을 줄은 몰랐다. 아빠 고양이가 뽀또인 줄은 더더욱 몰랐다.

오즈네 가족은 근처 공원에 터를 잡고 살고 있었다. 그곳에는 고양이 급식소도 있었다. 보아하니 뽀또는 밥은 공원에서 오즈네 가족과 먹고, 간식은 화단으로 먹으러 다녔던 모양이다.

새끼들은 삼 개월 정도 되어 보였다. 이 연령대 고양이는 보통 '캣초딩'이라고 불린다. 한 마리는 오즈를 빼닮은 고등어 무늬였고, 두 마리는 삼색 고양이였다. 음식 이름을 붙여야 오래 산다는 작명 원칙에 따라 고등어 고양이에게는 오즈와 한 세트라는 뜻으로 '오레오'라는 이름을 붙여주었고, 삼색 고양이들은 '파베'와 '초코'라고 부르기로 했다.

어린 고양이들의 식성은 엄청났다. 성장기라 그런지 성묘의 거의 두세 배는 먹어 치우는 듯했다. 캣맘이 급식소에 밥을 넉넉하게 두고 가도 사료는 늘 부족해 보였다. 간식만 주던 나는 고양이용 사료를 사서 따로 조금씩 챙겨주었다.

그런데 그게 캣맘 활동의 시작이 될 줄은 몰랐다. 기존에 고양이들 밥을 챙겨주던 분이, 새로운 캣맘이 나타난 줄 알고 더는 공원에 오지 않게 된 것이다. 며칠 동안이나 빈 밥그릇이 채워지지 않은 걸 보니, 그분이 암묵적으로 밥자리를 물려주고 떠났다는 걸 알 수 있었다. 얼떨결에 '캣맘'이 되어버린 나는, 앞으로 펼쳐질 다사다난한 일을 예상하지 못했다.

한때 날씬했던 오레오의 어린 시절.

삼색 무늬가 꼭 닮은 파베와 초코 자매.

뽀또는 오즈와 칙촉이, 두 암컷을 사이에 두고 두 집 살림을 했다. 그래도 밤이면 어김없이 공원으로 와서 오즈네 가족과 저녁밥을 먹었다. 수고양이가 새끼를 돌보는 일은 거의 없다지만, 같이 저녁 먹는 모습을 보노라면 뽀또가 진짜 아빠 같았다.

아깽이들도 뽀또와 친하게 지냈지만, 겸상까진 허락해도 고기 반찬을 양보할 생각은 없어 보였다. 뽀또가 간식을 먹으려 하면 눈치를 줬다. 식탐 많은 뽀또지만, 아깽이들이 얼굴을 들이밀면 곧바로 간식에서 입을 떼고 다른 곳으로 쓱 가버렸다.

뽀또 몫을 따로 챙겨줘도 문제는 해결되지 않았다. 아깽이들이 하이에나처럼 몰려와 뺏어 먹기 일쑤였다. 급기야 뽀또는 간식을 앞에 놓아줘도 '어차피 뺏길 건데 뭐' 생각하듯 뚱한 표정으로 보기만 할 뿐 입에 대지 않았다. 게다가 엄마 고양이 오즈까지 뽀또 몫을 가로채는 게 아닌가. 아직 어린 세 자식을 키우느라 먹어도 먹어도 허기가 지는 모양이었다.

잔뜩 시무룩해진 뽀또는 나에게 도와달라는 듯한 신호를 보내곤 했다. 처음 마음을 준 뽀또가 이리저리 치이는 모습이 속상했지만, 마땅한 해법이 떠오르지 않았다.

하루는 뽀또가 공원 가는 길에 있는 화단에 숨어 애타게 울고 있었다. 아깽이들도 보이지 않으니 이때다 싶어 얼른 제일 좋아하는 간식을 주었지만, 웬일인지 더 깊숙이 몸을 숨겼다. 그동안 무심했던 나 때문에 많이 상심했던 걸까.

'고양이 사이에서는 어른이지만, 뽀또도 사람으로 치면 아직 어린 나이일 텐데 캣초딩들 등쌀에 끙끙 앓았겠구나.'

그렇게 생각하니 짠해졌다. 그날 이후로 공원에 가기 전에 화단부터 들러 뽀또 간식을 먼저 챙겨주었다. 뽀또는 혼자가 되어서야 세상 편안한 얼굴로 간식을 먹었다.

밥만큼 물이 소중한 이유

고양이들이 도자기 물그릇을 좋아해서 준비해 보았다.

후텁지근한 바람만 불던 한여름, 우연히 고양이들이 물 마시는 모습을 가까이서 보게 되었다. 어쩐 일인지 한참을 지켜봐도 물이 별로 줄어들지 않았다. 유심히 보니 물 표면에 혀를 살짝 갖다 대고 조금씩 할짝거리고 있었다. 그러니 수십 번 혀를 움직여야 겨우 눈에 티가 날 만큼 물이 줄어들 수밖에. 물 한번 마시는 게 이토록 귀찮은 일이라니, 고양이들이 물을 잘 마시지 않는 이유를 알 것 같다.

사실 고양이들이 물을 잘 마시지 않는 진짜 이유는, 먼 옛날 집고양이의 선조들이 건조하고 물이 부족한 사막 환경에 적응해 살아왔기 때문이라고 한다. 하지만 수분 섭취는 사람과 고양이 모두에게 중요한 법. 오랫동안 물을 마시지 못하면 탈수 증세가 올지도 모르니 걱정이었다.

고양이들은 물을 잘 안 마시는 것도 모자라 물 앞에서 청개구리 짓을 한다. 기껏 신선하고 깨끗한 물을 떠다 줘도 어디선가 흘러 내려온 빗물, 나뭇잎에 고인 물 등 정체 모를 물을 즐겨 마신다. 하지만 여름 장마가 지나면 고인 물도 말라버리니, 사람이 챙겨주는 물이 절실히 필요해진다.

언젠가 공원을 산책하다가 색다른 방법으로 길고양이에게 물을 주는 사람을 보았다. 살갑게 다가오는 고양이에게 뭐든 주고 싶은 눈치였지만, 빈손이라 당황스러운 기색이었다. 고민 끝에 그가 고양이한테 내민 건, 금방이라도 넘칠 듯 물이 찰랑대는 생수 뚜껑이었다.

　고양이 앞에 떡 하니 놓인, 세상에서 제일 작은 물그릇. 고양이는 '이게 어디에 쓰는 물건이냥' 생각하는 듯 멍하니 바라보다가, 물이란 걸 알아챘는지 목을 축이기 시작했다. 워낙 생수 뚜껑이 작아 물은 금세 줄었지만, 고양이는 흡족한 듯 혀로 입 주변을 쓱 핥았다. 기분 좋은 표정이었다. 길고양이가 한여름을 무사히 이겨내길 바라는 누군가의 진심이 오롯이 전달되는 순간이었다.

키햐~ 오늘 빗물 맛이 참 좋다옹!

다음 비 소식은 언제냐옹?

"나갈래, 나갈래!"

목욕을 시킬 때면 흡사 사람이 말하듯 서럽게 우는 고양이 영상을 봤다. 고양이들은 어찌나 물을 싫어하는지 목욕 때만 되면 온 힘을 다해 탈출하려 한다. 반대로 물에 덤덤한 고양이도 있다. 수도 꼭지에서 흐르는 물을 앞발로 찍어 먹는 고양이도 있고, 심지어 수영장에서 헤엄치는 고양이도 있다. 애묘인들은 물에 닿아도 무념무상인 고양이들을 '물속성 고양이' 또는 '물냥이'라고 부른다.

문득 내가 아는 길고양이 중에서도 물냥이가 있을까 궁금했다. 혹시 저수지 근처에 사는 미쯔네 가족이라면 가능성이 있지 않을까? 고양이들이 저수지 쪽으로만 가도 기대감에 부풀어 그들의 행동을 유심히 관찰했다. 하지만 고양이들은 호숫가에서 물을 할짝할짝하며 목을 축이기는 해도, 몸에는 물 한 방울 튀지 않도록 조심스러웠다.

'그래. 삼대가 덕을 쌓아야 만난다는 물냥이를 쉽게 찾을 리 없지.'

물냥이를 찾겠다는 엉뚱한 호기심은 희미해져 갔다. 그런데 전혀 예상하지 못한 곳에서 물냥이를 만나게 됐다. 바로 뽀또였다.

봄비가 촉촉이 내리던 어느 날, 공원에 도착하니 뽀또가 비에 흠뻑 젖은 채 버선발로 마중 나왔다. 순간 가슴이 철렁했다. 봄비라고 해도 빗방울은 차가웠다. 언제부터 비를 맞고 있던 건지 배까지 흠뻑 젖었다. 동료 고양이들은 진작 비를 피해 어디론가 숨고 없었다.

비를 막아줄 지붕이 가까이 있지만 뽀또는 들어오지 않았다.

좋아하는 고등어 간식으로 유혹해 봐도 살짝 입만 댈 뿐, 다시 빗속으로 뛰어든다. 뚱땅뚱땅 발랄한 발걸음이 아무래도 범상치 않다.

"애옹, 애옹!"

뽀또가 멀찌감치 서서 부른다. 나도 빗속으로 들어와 주길 바라는 듯했다.

'일부러 비를 맞는 고양이라니…. 설마?'

갑자기 뽀또의 물냥이다운 면모가 뇌리를 스친다. 며칠 전 그릇에 담긴 물에 거침없이 앞발을 담그던 모습도 떠올랐다. 당시에는 물맛이 마음에 들지 않으니 다시 떠오라고 재촉하는 줄로만 알았다. 그런데 빗물로 거하게 샤워하는 모습까지 목격하니, 점점 뽀또가 물냥이라는 확신이 들었다.

아무리 물을 좋아하는 물냥이라지만 젖은 채로 오래 있으면 분명 감기에 걸릴 터였다. 뽀또를 졸졸 따라다니며 챙겨 온 티슈로 젖은 등을 닦아주었다. 하지만 뽀또는 물놀이를 더 하고 싶은지 무심히 내 손을 빠져나갔다.

어느새 비가 그치고, 뽀또가 부르르 온몸을 떨며 물기를 털어냈다. 물놀이는 즐길 만큼 즐겼는지 바닥에 털썩 앉아 폭풍 그루밍을 한다. 한껏 집중한 듯 가늘게 눈을 뜨고 털 한 올 한 올 장인정신으로 물기를 닦는다. 뽀또의 혀가 닿은 부분은 조금씩 뽀송뽀송해져 갔다. 저 조그만 혀로 물기를 닦으려면 다 마를 때까지 온종일 걸릴 것 같다. 비록 젖은 솜뭉치 신세지만 뽀또는 물냥이답게 여유롭고 침착했다.

이따금 뽀또는 어딘가에서 혼자 시간을 보내고 왔다. 그곳이 정확히 어딘지는 알 길이 없었다. 뽀또를 알게 된 지 반년이 지나서야 비밀스러운 그 장소를 알게 되었다.

주말 오후 뽀또네 가족은 점심밥을 먹고는 낮잠을 자러 뿔뿔이 흩어졌다. 파베, 초코, 오레오는 오즈를 따라 공원 구석의 은신처로 사라졌고, 뽀또는 홀로 어디론가 발걸음을 옮겼다. 지금이다 싶어 뒤를 쫓아가 보았다. 공원 맞은편 나무가 우거진 곳에 발걸음을 멈춘 뽀또는 뒤를 쓱 돌아보며 나를 한 번 쳐다보았다. 나를 이곳에 들일까 말까 잠시 고민하는 눈치더니 울타리를 넘었다.

뽀또가 아니었다면 넘어보지 않았을 울타리. 그 너머에는 예상보다 훨씬 널찍한 공간이 있었다. 키 높은 나무들이 나란히 서 있어서 고속도로에서 들려오는 차 소음과 매연을 막아주는 아늑한 곳이었다. 지금은 휑하지만, 개나리와 철쭉나무도 있어서 봄에는 더 멋진 풍경일 게 분명했다.

고양이들이 홀로 곤충 소리, 새 소리를 한가롭게 들으며 시간을 보내는 태평한 날이 일 년 중 그리 많지는 않을 것이다. 추운 날에는 체온을 유지하려 동료들과 몸을 맞대고 있어야 하고, 비 오는 날이면 비가 들이치지 않는 곳을 찾아 숨어야 하니까. 하지만 사람에게도 혼자만의 시간이 필요하듯 고양이에게도 비밀 공간이 필요했다. 화창한 날씨 속에 혼자만의 시간을 보낼 수 있다면, 그곳이 어디라도 고양이는 만족할 것이다.

뽀또는 낮잠을 잘 요량인지 나무 밑동에 자리를 잡았다. 졸린 얼굴 위로 가을 오후의 햇살이 눈부시게 드리웠다. 때마침 눈부시지 않게 풀잎이 작은 그늘을 만들어 주었다.

누구도 방해하지 않는 공간. 비록 사방이 막힌 은신처는 아니지만, 그 순간만큼은 이곳이 뽀또에게 '자기만의 방'처럼 느껴졌다. 그곳에 인간인 나를 초대해주었다는 사실이 내심 기뻤다.

변심한 뽀또의 마음을
되돌리려는 듯,
오즈는 연신 박치기를 했다.

늦여름, 뽀또와 오즈는 절절한 이별을 맞이했다. 온종일 꿀이 뚝뚝 떨어지던 부부 사이였고, 귀여운 자식도 셋이나 있는데 이런 날이 올 거라곤 상상하지 못했다. 하지만 꽁냥꽁냥거리던 둘의 애정전선에 먹구름이 드리워지기까지는 그리 오랜 시간이 걸리지 않았다.

뽀또와 오즈 사이를 안다면 누구든 이 커플의 이별을 의아해할 것이다. 둘은 시도 때도 없이 서로 몸을 비비며 애정표현을 했다. 몸을 비비면 서로의 체취가 섞여 냄새로 자신의 소유임을 표시할 수 있다. 이런 행위를 '알로러빙(allorubbing)'이라고 부른다. 둘이 알로러빙을 할 때면 통통한 뽀또의 볼살이 찌부러져 한쪽 눈이 윙 크하듯 반쯤 감겼는데, 최고로 사랑스러운 순간이었다.

하지만 사랑에도 유통기한이 있다던가. 이 말이 고양이한테도 적용되는지 둘의 단단한 애정에도 균열이 생기기 시작했다. 뽀또 는 언젠가부터 오즈가 다가오면 묘하게 데면데면했다. 이유가 궁 금했지만, 그저 단순한 '부부 싸움'이라 믿으며 둘을 지켜볼 수밖 에 없었다.

뽀또의 마음이 식은 특별한 계기는 없었다. 단지 오는 고양이 막지 않고, 가는 고양이 잡지 않는 '카사노바냥'이었을 뿐이다. 뽀 또는 다른 암컷 고양이, 칙촉이와도 자유로운 만남을 추구했다. 한 데 공교롭게도 칙촉이는 오즈의 오래된 앙숙이었다. 어찌나 사이 가 나쁜지 서로 마주치기라도 하면 주변에 싸늘한 공기가 맴돌았

다. 이 사실을 아는지 모르는지 뽀또는 칙촉이와도 가깝게 지냈다. 뽀또는 누구에게나 상냥했다. 악의 없는 친절함이었다.

돌이켜보면 뽀또와 오즈 중에 먼저 다가가는 쪽은 언제나 오즈였다. 뽀또의 발소리만 들려도 오즈는 반가움에 꼬리를 바짝 세우고 한달음에 달려갔다. 육묘 때문에 지친 날도, 간식을 배불리 먹어 기분 좋은 때도 한결같았다. 쌍방 로맨스인 줄로 알았던 둘의 관계는 언젠가부터 오즈의 눈물 나는 노력으로 유지되고 있었다.

오즈는 점점 식어가는 뽀또의 마음을 붙잡으려는 듯 평소보다 더 많이 애정표현을 했다. 그럴 때마다 뽀또는 먼 산을 바라보거나 약간 귀찮은 듯한 표정을 지었다.

'무심하기 짝이 없네. 표정 관리 좀 해 주지.'

혹여나 뽀또의 메마른 표정을 보고 오즈가 상처 입을까 봐 조마조마했다.

다정한 둘의 모습을 보기 힘들어진 건 가을바람이 쌀쌀해지기 시작한 무렵부터였다. 갈대 같은 고양이 마음을 어떻게 붙잡아 두겠는가. 노력할 만큼 한 오즈는 이별을 받아들여야 했다. 깊었던 사랑만큼 헤어짐에 덤덤해지기까지는 오랜 시간이 필요했을 것이다. 찬란했던 여름도, 영원할 것만 같던 사랑도 언젠가 끝나기 마련이다. 고양이 사회에서도 그런 진실은 예외가 없었다.

사랑을 잃은 상처 때문인지, 이제 자식들을 독립시켜야 할 때라고 생각했는지 오즈는 공원을 떠나 돌아오지 않았다. 졸지에 엄마를 잃은 초코는 불안한 모습이 역력했다. 파베와 오레오는 크게 동요하지 않았지만, 오즈와 유대감이 깊었던 초코는 견디지 못할 수도 있었다. 걱정했던 대로 초코는 영역을 반나절씩 비우는 일이 잦아졌고 한번은 사흘 동안이나 보이지 않았다. 이슬 같은 겨울비가 내리는 날 돌아온 초코는 초췌한 얼굴로 나를 보며 야옹야옹 울었다.

"우리 엄마 어딨는지 아냐옹?"

내게 오즈의 행방을 묻는 것 같았다. 나 또한 오즈를 찾아 주변을 돌아다녀 봤지만 찾을 수 없었다. 만약 우연히 만난대도, 이유가 있어서 떠난 고양이를 돌아오게 할 방법은 없었다. 그렇지만 다시 돌아와 주길 바라는 마음 또한 어쩔 수 없었다.

상심한 초코는 영역을 떠날 준비를 해 나갔다. 고양이에게 챙길 물건 따위 있을 리 없지만 떠나가는 이의 마음에도 예열이 필요한 법. 영역을 떠나면 매일 함께하던 형제들을 만나지 못하고, 배가 고파도 집에 돌아올 수 없다. 초코는 사흘간의 짧은 여행에서 그 사실을 배웠을 것이다. 아직 혼자 여행을 떠나본 적이 없는 파베와 오레오에 비해, 초코는 일찍 철든 것처럼 보였다.

"나 없이도 집 잘 지켜야 한다냥!"

돌아올 기약 없는 여행을 떠나기 전날, 초코는 오레오의 머리를 장난스레 한 대 치면서 마지막 인사를 했다. 오레오는 걱정 말라는 듯 그루밍으로 대답을 대신했다.

평소 같았으면 일상적인 장난으로 보였을 그 모습이 마지막 인사처럼 느껴진 걸 보면, 난 이미 초코와의 이별을 예감했나 보다. 이곳을 떠나 엄마를 찾아보려는 건지, 아니면 새 영역을 찾아가는 건지는 모르지만, 목적지에 도착할 때까지만이라도 굶지 않게 간식 봇짐이라도 싸서 안겨주고 싶었다. 그러나 지켜보기만 할 뿐 해줄 수 있는 일이 아무것도 없어 미안했다.

작고 어린 초코가 빈손으로 떠난 날을 떠올리면 지금도 가슴이 먹먹해진다. 어디서 어떻게 지내든, 부디 인심 좋은 곳에 잘 정착했길 바랄 뿐이다.

길집사의 무릎에 앉는 것을
좋아하는 세찌.

고양이를 찍기 시작하면서, 길고양이들을 돌보는 주변 사람들과 이웃처럼 지내게 되었다. 그중 삼냥이네는 가장 고마운 이웃이다.

"저희는 길집사예요."

흔히 길고양이를 돌보는 사람들을 캣맘이라고 부르지만, 그들은 자신들을 '길집사'라 소개했다. 길집사들은 뽀또가 사는 공원에서 조금 떨어진 곳에서 세찌, 네찌, 뱅뱅이라는 세 고양이를 돌보고 있었다. 이른바 '삼냥이네' 영역인데, 초보 캣맘인 나는 그분들께 여러모로 도움을 많이 받았다.

언젠가 공원에 뽀또가 보이지 않아 걱정하던 때, 뽀또가 삼냥이네에 와 있다며 길집사들에게서 연락이 왔다. 가 보니 한가로이 밥과 간식을 먹고 있었다. 꽤 오래전부터 공원 밥자리에 밥이 떨어지면 삼냥이네로 가서 무전취식을 해 온 모양이었다. 뽀또네 밥자리를 길집사들이 며칠 동안 맡아준 적도 있었다. 길집사들이 흔쾌히 도와준 덕에 겨울에도 마음 놓고 자리를 비울 수 있었다.

길집사들은 정보통이었다. 길고양이에 관해서라면 모르는 게 없었다. 책에서나 인터넷에서도 접하기 힘든 귀한 정보를 꿰고 있었다. 가장 도움이 된 건 지역 TNR에 관한 정보였다.

뽀또의 중성화 수술을 할 때는 모든 게 서툴러 고생을 많이 했다. 포획틀 빌리기, 포획하기, 택시 타고 병원 데려가기, 방사하기까지 처음부터 끝까지 혼자 하려니 힘에 부쳤다. 중성화 수술 비용도 만만치 않았다. 뽀또의 중성화 수술이 끝나니 기진맥진한 상태가

네찌는 위치 추적이 가능한 GPS 목걸이를 걸고 있다.
호기심이 많아 위험한 곳에 갔을 때 길집사들이 구해준
적이 여러 번 있다.

얼굴 무늬가 뱅 앞머리처럼 생겨 뱅뱅이라 부른다.

되었다.

　남은 동네 고양이들의 TNR은 어떻게 할지 고민하다가 길집사들에게 조언을 구했더니, 직접 포획해 가면 무료로 중성화 수술을 해주는 가까운 동물병원이 있다고 알려 주었다. 캣맘이 포획만 직접 하면, 중성화 수술을 받을 고양이를 데리러 와 주는 동물병원도 있었다.

　덕분에 암컷 고양이들을 시작으로 반년 동안 일곱 마리의 동네 고양이 TNR을 해냈다. 길집사들이 아니었다면 혼자 정보도 없이 길고양이를 돌보느라 수많은 시행착오에 부딪혔을 것이다. 어려울 때 서로 돕는 게 이웃이란 말이 무색해진 요즘이지만, 길집사들은 '아낌없이 나눠 주는 이웃이 아직 존재하는구나'라는 기분 좋은 깨달음을 선물해 주었다.

뛰는 고양이 위에 나는 고양이 파베.

꼬릴 잡자, 꼬릴 잡자, 냥냥냥~

파베는 못 말리는 장난꾸러기다. 특히 뽀또네 가족들은 파베의 심한 장난 때문에 골머리를 앓고 있었다. 어린 시절 파베는 가족 중에 가장 조용한 고양이였다. 그렇게 얌전했던 파베가 못 말리는 말괄'냥이'가 될 줄은 아무도 몰랐다.

놀렸을 때 반응이 재밌어서일까. 파베는 오레오를 자주 놀리고 다녔다. 파베의 주특기는 기습공격. 오레오가 방심한 때를 노려 살금살금 다가가 꼼짝 못 하게 제압하는 건 기본이고, 꼬리잡기 놀이도 즐겼다. 오레오는 파베 때문에 매일 어린 고양이에게 골탕 먹는 흑역사를 써 내려가고 있었다.

파베는 아빠 뽀또에게도 수시로 장난을 칠 만큼 천진난만했다. 그러나 뽀또는 오레오처럼 만만한 상대가 아니다. 대충 봐도 파베보다 얼굴이 두 배는 크고, 덩치 차이도 많이 난다. 분명 힘도 그만큼 더 셀 것이다. 이론적으로는 파베의 기습공격이 통할 리 없다. 하지만 뽀또에게는 결정적인 약점이 있었으니, 오즈가 떠난 후 독박육묘(?)로 지친 상태였다는 점이다. 홀아비가 된 뽀또는 파베의 장난에 대응할 여력이 없었다.

참을 만큼 참은 뽀또와 오레오는 '역지사지 작전'을 펼쳤다. 파베가 했던 장난을 똑같이 따라 해서 장난을 멈추게 하는 방법이다. 둘은 파베를 뒤에서 놀라게 만들기도 하고, 우다다 추격해보기도 했다. 하지만 반격은 매번 물거품이 되었는데, 파베는 장난만큼이나 방어에도 재주가 있었기 때문이다.

뽀또와 오레오는 결국 두손 두발 다 들고 말았다. 타고난 장난꾸러기 파베에게 장난으로 맞받아치는 것은 좋은 방법이 아니었다. 노력하는 자가 즐기는 자를 못 이긴다는 말처럼, 장난도 노력한다고 잘할 수 있는 건 아닌가 보다.

뽀또와 오레오에게는 새로운 전략이 필요해 보였다. 어설픈 반격보다는 차라리 파베가 철이 들기를 기다리는 건 어떨까. 파베의 장난기도 크면서 서서히 사그라들 테니까. 아이들은 금세 자라는 법이다.

렉터는 삼냥이들을 형, 누나라고 생각했는지
그 뒤를 졸졸 따라다녔다.

삼냥이네 급식소에는 유난히 길 잃은 고양이들이 많이 찾아왔다. 밥자리 옆의 하천길을 따라 고양이들이 유입되는 것이다. 새끼 고양이, 유기묘, 배고픈 고양이들이 이곳에 들러 밥을 먹거나 정착하기도 했다.

지난여름 캣초딩 '렉터'는 삼냥이네 업둥이가 되었다. 장마철에 길집사의 차에 들어가 나오지 않아서, 레커와 카센터 직원을 부르게 만든 적이 있어 렉터라는 이름을 얻었다. 렉터는 고생한 티가 역력했다. 제대로 먹고 다니지 못해서 온몸이 앙상하고, 콧잔등의 때는 물티슈 정도로는 도저히 지워지지 않을 만큼 새까맸다. 식사 때만 겨우 모습을 드러내고, 손이 닿지 않는 곳에 들어가 야옹야옹 울기만 했다. 사람한테 다가가고 싶은 마음이 없는 건 아니지만 두려움이 더 컸다.

처음으로 렉터의 얼굴을 자세히 본 날, 길집사들과 나는 렉터가 뽀또의 자식이 틀림없다고 입을 모았다. 하얗고 검은 무늬는 칙촉이를 닮았고, 작고 둥근 눈매는 뽀또와 너무나 닮았기 때문이다. 얼마 전 한밤중에 칙촉이가 새끼들을 물고 이동하는 모습을 목격했는데, 그때 본 새끼 중 한 마리가 렉터였던 것 같다. 그러나 떨어져 살면 부모 자식도 남남이 되는지, 뽀또가 렉터를 공격하기까지 한 모양이었다.

길집사들은 오갈 곳 없는 렉터를 받아주었다. 고양이를 돌보는 사람이라면 알 테지만, 고양이가 한 마리 느는 건 밥그릇 하나 더 놓으면 해결되는 간단한 문제가 아니다. 금전적으로 부담이 커지는 건 기본이고, 마음 쓸 일도 늘어난다. 기존 고양이들이 렉터를 받아줄지 말지도 문제였다. 다행히 성격이 원만한 삼냥이들은 렉터를 업둥이 동생으로 받아주었다. 길집사들의 관심과 사랑을 받을수록 렉터는 포동포동 살이 올랐다.

그러던 어느 날, 렉터가 다리를 절뚝거렸다. 길집사들이 병원에 데려갔더니 복막염이라는 진단을 받았다. 청천벽력같은 소식이었다. 고양이 복막염은 치료가 어렵기로 유명하다. 최근 신약이 개발되어 치료가 불가능한 것은 아니지만, 일정 기간 신약을 주사해야 하는데 그 약값만 수백만 원에 달했고, 치료가 무사히 끝난 뒤에도 재발할 가능성이 있었다.

고민 끝에 길집사들은 렉터의 복막염을 치료해 주자고 결심했다. 막대한 치료비를 마련하기 위해 삼냥이네 사진이 담긴 달력을 팔기 시작했다. 렉터를 아는 사람들은 물론, 모르는 사람들까지 도움의 손길을 보냈다. 성황리에 모금이 끝나 렉터는 무사히 신약 치료를 받았고, 임시 보호를 하던 길집사네 집 막내로 입양되었다.

길집사들은 렉터가 살고 싶어서 삼냥이네로 온 거라고 했다. 복막염을 치료하기로 한 건 렉터의 눈에서 살고 싶은 의지를 보았기 때문이란다. 렉터는 이미 특별한 존재였다. 험난한 여행 끝에 삼냥이네에 정착한 순간부터, 렉터라는 이름을 지어준 때부터.

사진 제공 삼냥이 길집사들 @pangyo_7cats

　가을은 고양이에게도 고독한 계절이다. 이 무렵 공원 고양이들은 줄줄이 영역을 떠나기 시작했다. 초가을 오즈가 중성화 수술 후에 떠났다. 며칠 후에는 초코도 보이지 않았고, 곧이어 파베마저 독립했다. 어린 고양이들이 천진스럽게 엄마 뒤를 졸졸 쫓아다니던 모습이 선한데 벌써 독립의 계절이 온 걸까. 고양이들의 시간은 빠르게 흐른다.

　가을비에 낙엽이 후드득 떨어지는 밤, 인도에 우두커니 서 있는 뽀또를 발견했다. 홀로 상념에 젖어 있었다. 평소에도 살짝 처진 눈 때문에 억울한 인상을 풍기는 눈은 그날따라 더욱 촉촉하니 쓸쓸해 보였다. 그날 밤 뽀또는 어떤 마음으로 그곳에 있었을까.

고양이도 사람처럼 만남과 헤어짐을 반복한다. 고독한 시간에 비해 우르르 몰려다니는 시기는 언제나 짧기만 하다. 봄에 태어난 고양이들이 가을에 독립하는 것은 길고양이 세계에서는 공식 같은 일이다. 뽀또네 가족들이 뿔뿔이 흩어지는 것은 처음부터 정해진 일처럼 착착 진행되었다.

앞으로 뽀또네 가족의 와자지껄한 모습을 볼 수 없다고 생각하니 마음이 아릿했다. 뽀또도 떠난 가족들이 그립지 않을까. 쫄래쫄래 따라다니던 자식들이 떠났으니 빈자리가 느껴지지는 않을지. 슬픔까지는 아니더라도, 분명히 가슴 한편이 허전할 것이다. 매일 코 인사를 나누고, 서로 털을 핥아주는 친밀한 사이였으니까.

그렇게 공원에는 뽀또와 오레오만 남았다. 사실 수컷 고양이는 대부분 살던 곳을 떠나 새로운 곳에 영역을 개척하기 마련이라, 오레오가 가장 먼저 독립해서 떠날 줄 알았다. 그런데 예상과 달리 엄마와 형제들이 떠난 후에도 오레오는 아빠 곁에 머물렀다. 뽀또는 다 큰 자식이 내심 귀찮았을지도 모른다. 하지만 겨울바람이 쌩쌩 불기 시작하자 오레오를 품기로 했는지 옆자리를 내주었다.

고양이들과의 첫 이별을 겪은 그해 가을은 더디게 흘렀다. 혹여나 고양이들이 돌아올지도 모른다는 기대를 품고 하염없이 기다리는 하루하루는 길었다. 가을 단풍이 서서히 물드는 것도, 낙엽이 되어 모두 떨어지기까지 꽤 오랜 시간이 걸린다는 것도 그때 처음 알았다. 그만큼 떠난 고양이들이 내게 큰 의미였던 것이리라.

절묘한 자리에 낙엽을 붙이고 다니는 뽀또.

한겨울이 오기 전, 고양이들은 부지런히 겨울나기 준비를 시작한다. 겨울 털로 옷을 갈아입는 게 첫 번째 과정이다. 밖에서 겨울을 나려면 촘촘히 털을 찌워서 찬 바람을 막아야 한다. 꺼칠한 여름 털을 뽑아내고 부들부들한 겨울 털로 무장한다. 겨울이 되면 두 볼이 터질 듯 통통해진 길고양이들을 볼 수 있는데, 엄밀히 말하자면 '살찐 것'이 아니라 '털찐 것'이다.

체온을 나눌 동료도 필수다. 낮에는 햇볕의 온기로 몸을 녹인다 해도, 시린 밤바람을 홀로 이겨내기는 어려울 터. 친구와 가족 곁에 있으면 그나마 덜 춥다. 그래서 겨울이 되면 고양이들은 눈에 띄게 붙어 다닌다. 추운 계절일수록 동료는 다다익선이다.

그런데 고양이들이 스스로 해결하기 어려운 문제가 있다. 마실 물과 음식이다. 가뜩이나 도시에서 물은 구하기 어려운데, 겨울에

가림막을 달아주니 겨울집의 보온력이 높아졌다. 길고양이 돌봄 카페에서
알게 된 정보다.

는 얼어버리기까지 하니 말이다.

고양이들이 조금이라도 편하게 겨울을 보내길 바라는 마음에서 뽀또네 은신처에 겨울집을 만들어 주었다. 그런데 뜻밖의 결과가 있었다. 집을 만들어 준 뒤부터 고양이들과 부쩍 친해진 것이다.

물론 처음부터 내 마음을 받아준 것은 아니었다. 겨울집을 만든 건 가을이었지만, 고양이들은 설치 후 거의 한 달 동안 집을 이용하지 않았다. 호기심에 가끔 들어가긴 해도 안전을 확신하지 못했는지 금세 나왔다.

12월 중순이 넘은 한겨울이 되어서야 뽀또와 오레오는 겨울집에 들어가 꼼짝하지 않았다. 붙어 있는 게 따뜻해서 좋은지 두 고양이는 언제나 한 개의 겨울집에 구겨지듯 몸을 포개고 들어가 있었다. 비좁은 탓에 두 마리가 차례대로 집에서 나오려면 시간이 꽤 걸렸다.

겨울집에서 막 나온 뽀또와 오레오의 등을 쓰다듬으면 집 안의 훈훈함 때문인지 털 속에 습기가 차서 축축했다. 고양이들은 촉촉한 눈빛으로 올려다보며 "야옹!" 크게 울었다.

기온이 뚝 떨어진 날에는 핫팩을 수면 양말에 싸서 겨울집에 넣어주었다. 돌처럼 딱딱하게 굳은 핫팩을 새 걸로 바꿔주면, 고양이들은 핫팩을 꼭 끌어안으며 긴긴 겨울밤을 이겨냈다. 그 따스함을 나의 온기처럼 느꼈던 걸까. 핫팩을 넣어주고 온 다음 날 만난 고양이들은 묘하게 나를 더 반가워했다.

어쩌면 고양이들은 내가 베푼 것들을 일일이 기억하는 게 아닐까. 사료 ○○일치, 물 ○○모금, 간식 ○○개, 겨울집 한 개…. 이런 식으로 마음속 장부에 차곡차곡 기록하고 있는지도 모른다. 따뜻하고 배부른 겨울날이 쌓여갈수록 고양이들은 조금씩 마음의 문을 열어갔다. 단언컨대 겨울은 고양이들과 친구가 되기 좋은 계절이다.

마음으로 교감하는 사이

고양이와 사람은 너무나 다르다. 생김새가 다른 만큼 세상을 인지하는 방식도 다르다. 사람은 감각기관 중 시각에 가장 많이 의존하지만, 고양이는 원시인 데다 시력이 좋지 않아 시각보다는 후각을 많이 이용한다.

마음을 표현하는 방식에도 차이가 있다. 사람은 말을 주된 소통 수단으로 사용하지만, 고양이들은 꼬리, 냄새 등 비언어적인 요소로 서로 대화한다.

고양이에 대해 잘 모르던 시절에도 누가 알려주지 않았지만 간단한 의사 표현 정도는 구분할 수 있었다. 대화가 통할 리 없지만, 행동을 보면 그냥 알 것 같았다. 바닥을 뒹굴뒹굴 구르면 기분이 좋다는 뜻이구나, 하악질을 하면 기분이 좋지 않구나 등…. 마음이 통하는 법은 배워서 아는 것이 아닌가 보다.

고양이에 푹 빠져든 지금은 그들을 더 많이 이해하게 되었다. 알 수 없는 행동을 할 때면 최대한 상상력을 발휘해서 몸짓의 의미를 읽으려 노력했다. 그런 날이 거듭되다 보니 대화의 주파수가 맞게 되었다. 예컨대 오레오가 고양이 장난감이 든 가방 속을 들여다보는 것은 같이 놀자는 뜻이고, 뽀또가 애꿎은 나무에 자꾸 박치기하는 것은 쓰다듬이 고프다는 뜻이다.

애쓰지 않아도 그 마음이 저절로 읽히는 걸 보니 고양이 심리학박사라도 된 기분이다. 그러나 방심은 금물이다. 고양이를 이해하려는 마음이 무뎌지면, 언제 그들과의 연결이 끊어질지 모르니까.

옆 동네 대가족, 미쯔네   19.

한번 눈에 고양이가 들어오기 시작하니 어딜 가든 보였다. 가벼운 산책을 하러 들르던 옆 동네 공원에도 고양이가 살고 있었다. 저수지를 바라보고 있는데 멀리서 고양이처럼 생긴 형상이 언뜻 보였다. 긴가민가하며 가 보니 바위마다 고양이가 자리를 잡고 앉아 내리쬐는 겨울 햇살을 온몸으로 받고 있었다. 분명 이곳에도 있으리라 짐작은 해왔지만, 설마 일곱 마리 대가족일 줄이야.

나 때문에 놀라 도망가지 않을까 걱정했지만, 고양이들은 침착했다. 언니와 나를 제외한 다른 사람을 심하게 경계하는 뽀또네 가

족과는 사뭇 다른 분위기였다. 먼저 다가올 만큼 친화적이지는 않았지만, 눈빛에는 두려움이 없었다. 워낙 사람들이 많이 찾는 공원이라 낯선 사람이 오가는 풍경에 익숙해진 탓일지도 모른다.

나무로 만든 다리 아래에는 고양이를 위한 급식소가 있었다. 대가족인 만큼 밥그릇도 큼직했다. 사료도 소복이 쌓인 걸 보아 지극정성으로 고양이들을 챙겨주는 사람이 있는 듯했다.

나중에 알게 된 사실이지만, 이 공원에서는 많은 사람이 미쯔네 가족을 챙겨주고 있었다. 내가 아는 것만 해도 세 팀 정도였다. 게다가 나처럼 비정기적으로 와서 먹을거리를 주고 가는 사람도 꽤 있는 모양이었다.

사람들은 공원에서 눈에 띄지 않게 살아가는 미쯔네 가족을 어떻게 발견했을까. 나처럼 고양이를 좋아하는 사람들이 우연히 찾아낸 것일까. 좋은 사람들이 곁에 있어 줘서 다행이라 생각하며 흐뭇한 마음으로 돌아왔다.

20.

고양이를 따라
굴러 보았습니다

흥 많은 어미 고양이 미쯔.

나뭇가지를 마이크 삼아 노래를 부르는 듯한 다스.

미쯔는 공원의 '행복 전도사'다. 좀처럼 표정이랄 게 없어 보이
는 고양이지만, 미쯔는 가만히 있어도 미소 짓는 듯한 '웃상' 고양
이였다. 그런 미쯔를 바라만 보고 있어도 기분이 상쾌해졌다.

"뭐 재미난 일 없을까냥?"

미쯔는 언제나 즐겁고 신나는 일을 찾아다녔다. 흔하디흔한 나
뭇가지와 그루터기도 미쯔에게는 큰 즐거움을 주는 효자손이었다.
고양이가 무언가에 얼굴을 비빌 때는 아래서부터 위로 긁기 때문
에 송곳니가 살짝 드러나는데, 보는 사람도 시원해질 만큼 유쾌한

표정이다.

땅 냄새를 킁킁 맡다가 뒹굴뒹굴 구르기도 했다. 미쯔만 맡을 수 있는 좋은 향이 풍겨 나오는 것 같았다. 그렇게 땅바닥을 구를 땐 평소보다 더 활짝 웃는 듯이 보였다.

청출어람이라고 했던가. 미쯔의 아이들도 엄마 못지않게 명랑했다. 자식들에게도 '흥 유전자'가 각인된 듯 보였다. 쿠크는 나무에 몸을 비비는 걸 좋아했고, 다스는 나뭇가지를 갖고 장난치는 걸 좋아했다. 아직 어린 롤리와 폴리는 엄마가 시범을 보이면 뭐든 따라 했다.

매일 신나 보이는 미쯔를 보며 비결이 무엇일까 궁금해졌다. 혹시 미쯔처럼 땅바닥을 굴러보면 알 수 있지 않을까. 비밀을 파헤치려면 직접 땅에 굴러보는 것만큼 확실한 방법은 없었다. 집에 아무도 없는 틈을 타 미쯔처럼 몸을 웅크리고 좌우로 뒹굴뒹굴 굴러본다. 우스꽝스럽게 느껴졌지만, 동시에 묘하게 즐거웠다.

'아, 이 맛에 구르는구나.'

머릿속이 멍해지듯 아무 생각이 안 나고 원초적인 행복감이 밀려왔다. 뒹굴뒹굴해서 행복해지는 걸까, 행복해서 뒹굴거리는 걸까. 이 질문의 답은 미쯔만이 알겠지만, 이것 하나만은 알 것 같았다. 행복은 거저 오는 것이 아니라는 것. 중요한 건 미쯔처럼 '즐거워질 구실을 찾자'는 마음가짐이다. 행복은 도처에 있다. 반복되는 일상 속에서 행복을 찾아낼 수 있는 시선만 있다면, 누구나 미쯔네 고양이 가족처럼 당장이라도 행복해질 수 있다!

"냥이네 홍 파티에 온 걸 환영한다냥!"

다 함께 하나 두울 셋~ 츄르~!

롤리가 활짝 웃는다.

어른이 되지 않도록 머리 위에 다리미를 얹고 다녔으면
좋겠어요. 하지만 꽃봉오리는 장미가 되고, 새끼고양이는
어른 고양이로 자라나겠죠.
- 루이자 메이 올컷(1832~1888)

고양이는 눈 깜짝할 새 자란다. 야속하게도 고양이의 생체시계는 사람보다 빠르게 흘러서, 우리 눈에는 아직 작은 고양이여도 곧 엄마 품에서 떠나야 할 때가 온다. 고양이들의 어린 시절이 끝나가는 걸 보며 때때로 아쉬움을 느꼈다. 특히 돈독했던 부모와 자식이 헤어져야 할 시간이 올 때면 서운하기까지 했다.

미쯔와 롤리는 사이좋은 모자였다. 미쯔는 다섯 자식 중 롤리를 가장 아꼈다. 롤리를 아는 사람들은 당연히 암컷이겠거니 했다. 어미 고양이는 아들과 정을 빨리 떼기 마련인데, 롤리와는 늘 붙어 다녔기 때문에 착각할 만도 했다. 중성화 수술을 해 주려고 롤리를 포획해 동물병원에 방문한 뒤에야 수컷이라는 사실을 알았다.

독립할 나이가 되어서도 롤리는 미쯔에게 박치기 인사를 하고, 핥아달라며 졸라댔다. 다른 형제 폴리는 성장하면서 자연스레 미쯔와 멀어졌지만, 롤리는 여전히 아기처럼 엄마를 졸졸 쫓아다녔다. 이제 슬슬 두 형제를 독립시킬 때가 왔다는 걸 알면서도 미쯔는 롤리를 뿌리칠 수 없는 모양이었다. 온갖 재롱을 부리는 롤리가 너무 귀여웠기 때문 아닐까.

롤리의 귀여움은 차마 말로 다 표현할 수 없을 정도이다. 볼살은 호빵처럼 하얗고 통통했고, 하품하다 입을 다물었을 뿐인데도 아기 천사가 까르르 웃는 것 같이 보였다. 롤리의 어리광은 눈에 넣어도 아프지 않을 만큼 사랑스러웠다.

이대로 일시 정지 버튼을 누를 수만 있다면 좋을 텐데…. 하지만 겨울은 끝나갔고, 봄이 되면 둘은 헤어질 운명이었다. 미쯔는 롤리를 독립시키기 위해 점점 멀리할 것이다. 매몰차게 변한 엄마가 처음에는 이해되지 않겠지만, 롤리도 끝내 받아들일 것이다. 어른이 된다는 건 그런 것이니까. 그때가 오기 전에 둘의 사랑스러운 모습을 가능한 한 많이 담고 싶었다.

길고양이는 태어난 지 4개월쯤 되면 대부분 새로운 보금자리를 찾아 떠난다. 최초의 여행은 어미로부터의 독립이다.

동네 공원의 삼색 고양이는 독립해서 미쯔네로 왔다. 처음 봤을 때 '푸딩이'란 이름이 제일 먼저 떠올랐다. 포동포동하게 찐 겨울털 때문에 얼굴이 꼭 초콜릿 시럽을 뿌린 말랑한 푸딩처럼 보였기 때문이다.

푸딩이가 얼마나 긴 여행 끝에 공원에 도착했는지는 모르겠다. 어찌 됐든 여기로 온 건 탁월한 선택이었다. 공원 관리 차량을 제외하고는 차가 다니지 않아 안전했고, 먹을 음식도 항상 넉넉했다.

하지만 정착하기 위해 넘어야 할 큰 산이 있었으니, 이미 공원에 터를 잡고 사는 미쯔네 가족이었다. 어미 고양이 미쯔를 포함해 여섯 마리이니 그야말로 대가족이다. 푸딩이는 먼저 그들에게 영역의 구성원으로 인정받아야만 했다.

푸딩이는 있는 듯 없는 듯 존재감을 감추며 살아갔다. 낯선 곳에서, 더욱이 생전 처음 보는 고양이들 틈에 껴서 살아야 한다면 꽤 눈칫밥을 먹었을 것이다. 하지만 다시 정착할 곳을 떠난다고 해도 이만한 보금자리를 찾지 못할 것은 분명했다. 푸딩이는 이곳에 눌러앉으리라 결심했고, 미쯔네 가족의 마음을 얻기 위해 고군분투했다.

첫 번째 공략 대상은 미쯔였다. 대장인 미쯔에게 환심을 사면 다른 고양이들의 마음을 얻는 건 일사천리일 터. 잘 봐달라며 간절한 눈빛을 보내지만, 미쯔는 푸딩이한테 일말의 관심도 없어 보였다. 다 큰 세 자식들과 어린 두 아들을 돌보느라 눈코 뜰 새 없이 바빴기 때문이다.

다음 목표는 막내 롤리와 폴리였다. 푸딩이와 동갑내기인 캣중 딩이라 가장 기대감이 컸다. 그러나 두 형제는 친구를 만드는 데는 흥미가 없었다. 형제끼리 놀면 되니 친구는 굳이 더 필요 없다는 듯 철벽을 쳤다.

마지막 희망은 젖소 냥이 자매 쿠크와 다스였다. 둘은 엇비슷하게 생긴 외모 탓에 구별이 좀 어렵지만, 이마에 검은색 얼룩무늬가 적은 쪽이 쿠크였다. 맏언니다운 쿠크는 과묵하고 혼자 있기를 좋아했다. 어린 푸딩이에게는 좀처럼 곁을 내주지 않았다.

미쯔네 가족 사이에서 푸딩이는 그야말로 외로운 도토리였다. 그 모습을 보며 이대로 정붙일 데 없이 떠나는 건 아닌지 걱정스러웠다. 그래도 다스한테서 한 줄기 희망을 보았는데, 푸딩이와 친구가 되고 싶어 하는 것 같았다. 다스는 은근히 푸딩이 쪽으로 먼저 다가왔다. 하지만 어째 다가오기는 해도 푸딩이와 코 인사를 나누지도, 특별히 반가워하지도 않았다. 부쩍 가까워진 물리적 거리에 비해 심리적 거리는 여전히 남은 듯했다.

서먹한 사이가 돈독해지는 데 시간만큼 확실한 게 있을까. 푸딩이와 다스는 가을에서 겨울로, 겨울에서 봄으로 계절이 바뀔수록 점점 친밀해졌다. 급기야 초여름 어느 날, 푸딩이와 다스가 나란히 같은 자세로 잠든 걸 목격했다. 다스 옆에 곤히 잠든 푸딩이의 얼굴에는 전에 볼 수 없던 여유로움이 묻어났다. 그 모습을 보니 엄마 미소가 절로 지어졌다. 큰 나무를 사이에 두고 쭈뼛쭈뼛 서 있는 둘의 모습을 본 게 엊그제 같은데 언제 이만큼 친해진 걸까?

여전히 푸딩이는 다스 외의 가족들과는 어색한 사이다. 하지만 더는 조급해하지 않아도 될 것 같다. 다스가 푸딩이에게 마음을 열었듯, 나머지 미쯔네 가족도 언젠가 분명 푸딩이를 받아들여 줄 테니까.

하악!

더 이상 다가오지 말라냥!

미쯔는 공원의 터줏대감이다. 듣기로는 이 공원에서 새끼들을 세 번이나 낳았다고 한다. 미쯔도 원래 여느 대장 고양이들처럼 다른 고양이가 영역을 침범해오면 내쫓았지만, 묘생 경험이 쌓이면서 성격이 유해졌다고 들었다.

하지만 어쩐 일인지 '돼지바'에게만은 쌀쌀맞았다. 다른 고양이들이 자기 집에서 밥을 먹든 잠을 자든 상관하지 않았지만, 돼지바가 등장하면 귀를 납작하게 눕히며 경계했다.

어느 날 공원 구석진 곳에서 돼지바와 폴리가 실랑이를 벌이는 장면을 목격했다. 폴리는 "아우웅–" 하고 낮게 소리를 내다가 자신보다 덩치가 족히 두 배나 큰 돼지바에게 냥냥펀치를 날렸다. 분명 미쯔를 보고 배운 것이리라.

어째서 미쯔네 가족이 유독 돼지바만 미워하는 걸까 궁금했다. 그런데 폴리의 얼굴을 유심히 살펴보니, 털 색도 그렇고 눈매며 입매까지 돼지바와 닮은 구석이 한두 군데가 아니었다. 추측이지만, 돼지바와 미쯔는 한때 부부 사이가 아니었을까. 미쯔는 이미 끝난 사이인 고양이가 자꾸 찾아오는 것이 부담스러웠던 것일지도 모르겠다.

고양이는 거울신경세포가 발달해 친밀감을 느끼는 상대방의 행동을 모방한다고 한다. 오레오는 이 거울신경세포를 아주 많이 보유한 것 같다. 일단 외모부터 뽀또와 오즈의 유전자를 반반씩 나눠 가졌다. 눈, 코, 입은 뽀또를 거푸집으로 찍어낸 듯하고, 고등어 무늬 코트는 오즈한테 물려받았다. 뽀시래기 시절에는 오즈에게 조종당하듯 포즈와 행동을 열심히 따라 했는데, 아쉽게도 오즈가 자식 중에 가장 먼저 오레오한테 정을 뗄 때는 바람에 따라쟁이 본능을 발휘하기 힘들어졌다.

오레오의 다음 타깃은 뽀또였다. 오즈가 떠나고 형제들이 독립하자 오레오는 뽀또의 일거수일투족을 보며 따라 했다. 똑같은 간식을 줘도 우선 뽀또 앞에 놓인 간식 냄새를 확인한다. 똑같은 간식이라는 걸 확인한 다음에도 뽀또 몫을 먹어야 직성이 풀린다. 밥 먹을 때나 물 마실 때도 뽀또가 먹을 때까지 참았다가 따라가서 같이 먹는다.

"그만 좀 따라 하라옹!"

무얼 하든 자기를 따라 하는 오레오 때문에 뽀또는 지친 기색이었다. 상황은 점점 심각해졌다. 뽀또는 오레오가 다가오면 뒤통수를 때리며 경고했다. 그런데도 오레오는 개의치 않았다. 한시라도 뽀또와 떨어질 바에는 차라리 한 대 맞더라도 함께 있는 게 낫다는 듯이.

솜뭉치에 지나지 않았던 오레오도 무럭무럭 자라 제법 성묘처

럼 보이기 시작했지만, 여전히 새끼고양이 같은 마음인지 뽀또를
졸졸 따라다닌다. 그런 오레오를 보고 있으면 고양이가 독립적인
동물이라는 말이 무색하게 느껴진다.

나 좀 봐 달라고 윙크하는 오레오.

하지만 아빠 뽀또는 이 상황이 귀찮기만 하다.

그해 겨울 들어 눈이 가장 많이 내렸던 날, 창문 너머 거세게 흩날리는 눈발을 보니 고양이들이 잘 숨어 있는지 걱정됐다. 뽀또와 오레오를 보러 공원을 찾아갔지만, 겨울집 주변에는 까치 발자국만 있을 뿐 공원을 한 바퀴 돌아봐도 고양이들은 보이지 않았다.

다시 한 번 가 보았을 때, 아까는 없던 고양이 발자국이 공원 이곳저곳 찍혀 있었다. 마치 탐정이 된 듯한 기분으로 고양이 발자국의 방향을 유심히 보며 어느 쪽으로 갔는지 좇았다. 발자국이 끊기는 지점에서 반신반의하며 "뽀또야!" 하고 크게 외쳤다.

어디선가 "야-옹, 야-옹" 하는 울음소리가 나지막이 들렸다. 뽀또가 분명했지만 주변을 둘러봐도 모습은 보이지 않았다. 울음소리만 계속 들릴 뿐이었다. 잠시 후 화단에서 푸드덕 소리가 나더니 풀숲 사이로 뽀또가 빼꼼 얼굴을 비쳤다.

온몸에 눈을 온통 뒤집어쓴 모습은 눈고양이가 따로 없을 정도였다. 빽빽한 화단의 나뭇잎도 펑펑 내리는 눈을 다 막아주지 못한 모양이었다. 추운데 왜 겨울집에 안 들어가고 밖에 있었냐고 묻고 싶었지만, 이리저리 돌아다니며 눈밭에 발도장을 찍고 다니는 모습이 왠지 즐거워 보였다. 혹시 오레오와 숨바꼭질을 하고 있었던 걸까?

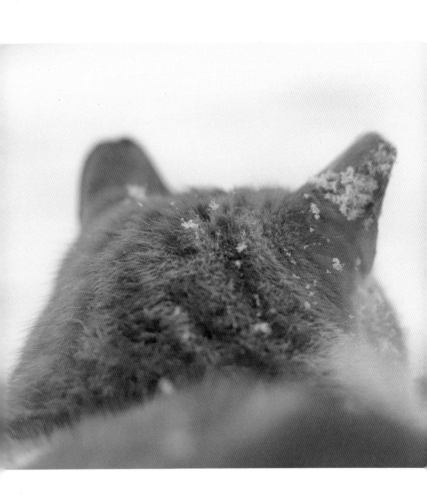

내가 잘 따라오고 있는지
뒤를 돌아봐 준다.

저온 화상을 방지하기 위해 핫팩에
수면 양말을 씌워 주었다.

어미 고양이는 새끼들이 어느 정도 자라면 은신처 밖으로 데리
고 나온다. 갓 태어난 꼬물이들은 안전한 곳에서 홀로 돌보는 경우
가 많지만, 독립할 때가 되면 함께 골목을 돌아다니며 먹이를 구하
는 방법을 가르쳐준다. 그렇지만 야생성이 강한 칙촉이는 새끼들
을 숨기기 바빴다.

어느 날 밤, 우연히 화단에서 칙촉이가 자식들과 함께 있는 모
습을 발견했다. 화단에 둔 그릇의 사료가 빠른 속도로 사라질 때 짐
작은 했다. 칙촉이가 새끼를 낳았다는 것을. 두 마리 새끼는 칙촉이

와 꼭 닮은 턱시도 무늬였다. 크림이는 외모만큼이나 성격도 엄마에게서 그대로 물려받아 조심성이 많고, 사람을 무척 경계했다.

이에 비해 코에 점이 있는 쿠키는 칙촉이의 자식이 맞는지 꽤 대담한 성격이었다. 엄마 마음을 아는지 모르는지 쿠키는 자꾸만 사람들 눈에 띄었다. 칙촉이는 사람 앞에 절대로 나서지 말라고 신신당부했겠지만, 쿠키는 낮에도 홀로 나와 지나가는 사람들을 멀뚱멀뚱 구경했다.

그래도 쿠키 덕분에 좋은 일도 있었다. 어린 고양이가 눈앞에 자꾸 눈에 띄니 마음이 쓰였는지, 칙촉이네 가족에게 간식과 밥을 챙겨주는 사람들이 생긴 것이다. 나 또한 칙촉이네 가족을 위해 겨울집을 한 채 마련해 주었다.

처음에는 겨울집을 잘 이용하는 것 같더니, 칙촉이와 자식들이 며칠째 보이지 않았다. 경계심이 발동한 칙촉이가 사람이 없는 곳으로 이소했을 거라고 생각했다. 하지만 며칠 후 쿠키와 크림이가 돌아왔다. 마음은 조금 불안해도 겨울집 안보다 따뜻한 곳은 없었던 것이리라.

낮에는 어디서 지내는지 여전히 미스터리였지만, 칙촉이는 밤이 되면 겨울집으로 돌아와 쿠키와 크림 곁에서 시간을 보냈다. 칙촉이도 점차 겨울집에 안심하고 머물게 되었다. 낮 동안 엄마가 없어도 쿠키와 크림이는 잘 지냈다. 겨울집을 철거할 즈음 쿠키와 크림이는 쑥쑥 자라 무사히 독립했다.

고양이가 야행성이라는 건 잘 알려진 사실이다. 길고양이들은 사냥 본능 때문인지 실내에서 생활하는 집고양이들보다 야행성이 더 강하다. 낮에는 내내 잠을 자며 체력을 보충하다가 해가 질 때쯤 활동을 시작한다.

밤이 되면 고양이들의 동공은 확장된다. 완전히 어두워지면 동공이 홍채를 새까맣게 덮어 본래 눈 색깔이 어떤지 알 수 없을 정도다. 반짝이는 칠흑 같은 눈은 가만히 있어도 호기심과 장난기가 가득 어린 것처럼 보인다. 동공을 한껏 키운 채 사냥감을 노리며 집중하는 고양이가 연상되기 때문이다.

밤이 깊어질수록 고양이들의 흥분도는 올라간다. 가상의 사냥감을 상상하며 미친 듯이 뛰어다닌다. 이럴 땐 정말 귀신을 보아서 저런 게 아닐지 의심될 정도다. 나무에 발톱을 긁다가 갑자기 놀란

토끼 눈으로 질주하고, 숨어 있다가 다른 고양이들을 놀래키며 추격전을 펼친다. 뜬금없이 폭풍 그루밍을 하는 것도 밤고양이들의 특징 중 하나다.

하지만 무아지경으로 뛰어다니는 시간은 그리 길지 않다. 길어 봤자 5분에서 10분 정도랄까. 놀다 지친 고양이들은 바닥에 털썩 주저앉아 거친 숨을 내쉬며 호흡을 가다듬는다. 빠른 속도로 들썩이던 옆구리는 점점 제 속도를 찾는다.

"오늘 밤도 즐겁게 놀았다냥."

밤고양이들도 잠든 새벽, 공원에는 도시의 소음이 유난히 크게 들려온다. 차 소리, 경적 소음이 나무 사이를 비집고 울린다. 시끄러워서 과연 잠은 올까 싶지만, 불면과는 거리가 먼 고양이들은 세상 소음을 잊고 스르르 단잠에 빠진다.

"더 놀자옹!" 초롱초롱한 눈빛을 보낼 때면
집에 돌아가기가 아쉬웠다.

고양이들의 밤은 이제부터다냥!

겨울비가 소리 없이 부슬부슬 내리는 날, 슬슬 촬영을 접고 집에 갈 준비를 하고 있었다. 그런데 한 가지 문제가 생겼다. 거추장스러워 공원 한구석에 놓아둔 우산 밑에 다스가 들어가 있던 것이다.

'이를 어쩐담? 우산을 치우면 분명 서운할 텐데…'

혹시 먹을 걸 주면 물고 자리를 뜨지 않을까 해서 우산 아래 닭가슴살을 두었다. 하지만 예상과 달리 다스는 그 자리에서 먹기 시작했고, 나무 데크 아래 비를 피하고 있던 쿠크까지 냄새를 맡고 들어와 버렸다.

먹고 난 후엔 역시 그루밍 시간이 기다리는지라, 쿠크와 다스는 빗속에서 서로 털을 핥아주었다. 고양이들은 어찌나 깔끔한지 먹고 난 뒤에 곧바로 음식 냄새를 없앤다. 고양이 침에는 세정 성분이 있어서 혀로 몸을 핥으면 털에 밴 냄새가 지워진다고 한다.

쿠크와 다스 자매처럼 다른 고양이의 털을 핥아주는 것은 냄새를 공유하면서 공동체의 일원임을 확인하려는 행동이다. 우애 좋은 자매를 보고 있으니 나도 모르게 엄마 미소가 떠올랐다.

"캬앙, 짜증난다냥!"

모처럼 좋은 분위기였는데, 갑자기 다스가 쿠크에게 버럭 화를 냈다. 냥냥펀치를 날리는 것도 모자라 쿠크의 머리털까지 쥐어뜯었다. 다스는 화가 단단히 났는지 우산을 박차고 나갔고, 쿠크도 마음이 상했는지 어디론가 사라졌다.

이해할 수 없는 싸움에 어리둥절했다. 금방 전까지만 해도 사이좋게 그루밍을 주고받더니 갑자기 싸움으로 번진 이유가 뭘까. 직접 물어볼 수도 없는 노릇이라 여기저기 알아본 결과, 납득할 만한 이유를 찾아냈다. 다스는 쿠크의 언니 행세가 마음에 들지 않았던 것이다. 고양이의 세계에서는 먼저 그루밍을 해주는 쪽이 서열이 높다고 한다. 우리 식으로 치자면 악수할 때 먼저 손 내미는 쪽이 윗사람인 것과 비슷한 이치랄까.

'별것도 아닌 일로 싸우네…'

아무리 생각해도 고양이들이 참 별나다고 생각했다. 하지만 나 또한 사소한 일로 언니와 투닥거렸던 부끄러운 과거가 머릿속을 스쳐 지나갔다. 게다가 수없이 다퉜으면서 진지하게 화해한 기억은 별로 없다. "엄마가 저녁 먹으래." 이 마법 같은 한 마디로 우리는 미안하다는 말을 생략하곤 했다.

쿠크와 다스도 우리 자매와 별반 다르지 않았다. 다음날 공원에 가 봤더니 어제 머리털까지 뜯으며 싸우던 고양이가 맞나 싶을 만큼 사이좋게 밥을 먹고 있었다. 비록 싸우긴 했지만, 진심으로 미워한 게 아니니 화해할 필요도 없는 것일까. 당사자들은 세상 평온한데, 나만 괜히 마음을 졸였나 싶어 억울하기까지 했다.

사이가 좋을 때도 있고

때로는 투닥거릴 때도 있는 고양이 자매.

　부모님이 유독 좋아하시는 사진이 있다. 고양이가 한숨을 푹 쉬듯이 입에서 뿌얀 입김이 흘러나오는 모습이다. 사진의 주인공은 미쯔. 다섯 살은 족히 넘었을 테니 사람 나이로 환산하자면 중년쯤 되었을 것이다. 몸집이 작은 탓에 처음 보는 사람들은 종종 미쯔를 새끼고양이로 오해한다. 그렇지만 자세히 보면 어리지 않다는 걸 알 수 있다. 나이 든 고양이는 움직임이나 표정에서 노련함과 연륜이 느껴진다.

　고양이가 콧김을 훅 내뿜는 소리가 가끔 한숨처럼 들리기는 하지만, 사실 사진 속 미쯔는 한숨을 내뱉는 것이 아니다. 하품하면서 나온 입김이 흘러나와 한숨을 쉰 것처럼 보일 뿐이다.

　한숨이 아니라는 걸 알면서도, 가끔 나 또한 사진 속 미쯔가 한숨을 쉬는 것처럼 느껴진다. 아마도 미쯔의 사정을 알고 있기 때문

이 아닐까. 여느 암컷이 그렇듯 미쯔도 첫 출산 후부터 끊임없이 육묘를 해 왔다. 아직 손이 많이 가는 어린 롤리와 폴리 형제를 합쳐 자식만 다섯인 데다 업둥이 푸딩이까지, 육아로 정신없는 나날을 보냈을 것이다.

고양이는 개인주의적일 거라는 선입견과 다르게 어미 고양이는 대체로 자식을 끔찍이 아낀다. 아무리 배가 고파도, 맛난 간식 냄새가 코를 찔러도 새끼들부터 먹인다. 어미의 우선순위는 오로지 자식이다. 철든 순간부터 지금까지 자식들에게 둘러싸여 지내 온 미쯔는 자기만을 위한 삶을 살 시간이 부족했을 것이리라.

사람이라면 이럴 때 한숨을 쉰다. 해도 해도 할 일이 산더미일 때, 가슴이 답답할 때 깊은 숨을 들이마시고 "후~" 내뱉으면 답답한 가슴이 뻥 뚫리는 것 같다.

한숨은 지극히 인간적인 행위라고 생각했다. 이 사진을 찍기 전까지는 말이다. 미쯔의 사진이 부모님의 마음을 울린 것도, 고단한 묘생과 당신들의 삶이 크게 다르지 않기 때문일 것이다.

평소 눈이 오는 날을 그리 좋아하지 않았다. 정확히 말하자면 눈 온 뒤가 성가셨다. 대중교통 이용이 불편해지고, 빙판길에 발이 미끄러워지는 게 싫어 눈이 내리지 않길 바랐다. 이제 눈 오는 날을 즐길 수만은 없겠구나, 하고 은연중에 생각했다. 그랬던 내가 눈 소식을 기다리게 된 건 다름 아닌 길고양이들 덕분이다.

지난겨울 어느 아침, 일어나 눈을 뜨니 방 안이 은은하게 환했다. 분명 지난 밤사이 쌓인 눈 때문이라는 걸 직감했다. 온 세상을 뒤덮을 만큼 눈이 내린 걸 고양이들도 알고 있을까. 고양이들과 함께 맞는 첫눈이기에 마음이 들떴다. 혹여나 눈이 녹아버릴까 봐, 서둘러 망원렌즈를 장착한 카메라를 가방에 욱여넣었다.

눈 때문인지 공원 가는 길목에는 행인이 한 명도 없을 정도로 한산했다. 새들도 눈을 피해 어디론가 숨었는지 새소리로 왁자지

껄하던 공원은 고요했다. 아무도 밟지 않은 눈 위를 뽀드득 소리 내
며 걸어본다. 겨울집에 다다르자 롤리와 폴리 형제가 마중 나왔다.

　어미 고양이 미쯔를 포함한 다른 고양이들은 눈에 관심이 없었

다. 어느샌가 그들도 나처럼 현실주의자가 되어버린 걸까. 몇 번의 겨울을 난 고양이들에게 눈은 마냥 낭만적이지는 않은가 보다. 막내 롤리와 폴리만이 소복이 쌓인 눈 위에 발 도장을 찍으며 눈밭을 헤치고 다녔다.

눈송이는 점점 굵어졌고, 하늘은 온통 흩날리는 눈으로 가득 찼다. 묘생 처음으로 맞이한 눈 오는 날. 털옷에 눈이 쌓이는 줄도 모르고, 고양이들은 두 눈을 동그랗게 뜨고 눈을 바라봤다. 호기심 어린 눈동자에는 담을 수 있는 것이 너무나도 많아 보였다.

그러고 보면 내게도 눈에 설레던 시절이 있지 않았나. 어릴 적 눈이 오면 헐레벌떡 외투만 대충 걸쳐 입고 뛰어나가곤 했다. 친구들과 눈싸움을 하고 시린 손을 호호 불며 눈사람을 만들었더랬다. 앞으로는 눈 오는 날이 좀 더 특별해질 것 같다. 고양이가 일깨워 준 동심을 간직한다면.

차갑고 폭신폭신한
이것은 무엇이냥!

31

미끄럼틀 타는 고양이
보셨나요?

고양이만큼 노는 걸 좋아하는 동물이 또 있을까? 초겨울만 되어도 공원에는 사람의 발길이 뚝 끊겨 조용해지지만, 이곳이 보금자리인 고양이들은 떠날 줄 모른다. 추위에도 공원 안에서 즐거움을 찾으며 놀이를 멈추지 않는다.

한겨울의 놀이터는 뽀또와 오레오의 아지트였다. 차가운 모래 위를 뒹굴며 온몸으로 즐거움을 표현하고, 마음껏 뛰어다니며 놀았다. 가끔은 기분전환도 할 겸 미끄럼틀 위에 올라가 공원을 관망했다. 당장이라도 미끄럼틀을 탈 것 같은 기세로 아래를 내려다보는 시선이 범상치 않았다.

'언젠가 저 미끄럼틀을 타지 않을까?'

은근히 기대했다. 하지만, 애초에 탈 마음이 없는 건지 아니면 나 몰래 타는 건지 뽀또와 오레오는 미끄럼틀 타는 모습을 한 번도 보여주지 않았다. 그렇게 미끄럼틀 타는 고양이를 상상만 하던 어느 날 눈앞에 기다리던 진풍경이 펼쳐졌다.

"두두두, 탁!" 하고 소리를 내며 오레오가 미끄럼틀을 타고 내려왔다. 분명 타고 내려오기는 했지만, 상상했던 것과는 좀 달랐다. 미끄럼틀을 스르륵 미끄러지는 게 아니라 계단을 내려가듯 한 발씩 조심스레 디디며 내려오는 게 아닌가. 어쨌든 엉거주춤하긴 했어도 오레오의 미끄럼틀 타기는 성공적이었다. 고양이들만의 미끄럼틀 타는 법이 따로 있지는 않을 테니 말이다.

한번 미끄럼틀을 타 보더니 재미를 붙였는지 오레오는 몇 번이고 타고 오르기를 반복했다. 뽀또는 미끄럼틀 타기에 푹 빠진 오레오를 지켜만 봤다. '미끄럼틀 타는 건 언제 또 배웠냐옹?' 하는 표정이었다.

고양이가 미끄럼틀 타는 모습을 목격한 것도 신기하지만, 그보다 이렇게 추운 날에도 거침없이 놀이 본능을 발휘하는 게 더 신기했다. 말도 안 되는 오레오의 체력은 어디에서 나오는 걸까. 추위 속에서도 움츠러들지 않는 건 혈기 왕성한 젊은 고양이의 패기일까?

32

형제는 싸우면서 자란다

롤리와 폴리는 보통의 어린 고양이 형제들과 달랐다. 형제는 사소한 일로 싸우면서 큰다던데, 이들은 무슨 까닭인지 좀처럼 함께 뒹구는 모습을 보여주지 않았다. 그 흔한 레슬링 놀이를 한 적도 없었다. 특히 롤리는 엄마 껌딱지여서 폴리에게 그다지 관심이 없었다.

하루는 롤리와 폴리가 억새밭에서 숨바꼭질하며 놀고 있었다. 폴리가 억새밭에서 나오는 순간, 롤리가 앞을 지키고 있다가 눈이 마주친 것이다. 드디어 여느 형제처럼 잡기 놀이를 하며 놀 마음이 생겼나 하고 기대한 것도 잠시, 폴리는 억새밭에서 롤리 얼굴을 쓱 한번 쳐다보고서는 어디론가 사라졌다. 혼자 남겨진 롤리의 어색하고 엉거주춤한 뒷모습이 눈에 선하다. 한창 뒤엉켜 뛰놀 시기인데도 서로 거리 두기에 바쁜 롤리와 폴리를 보며 의아했다.

어느 날, 나의 오해를 풀어줄 사건이 발생했다. 롤리가 푸릇푸릇 새싹이 피어난 땅에서 만족스러운 표정으로 햇볕을 쬐고 있을 때였다. 나도 덩달아 바닥에 털썩 앉아, 햇볕에 녹아버린 듯한 롤리의 귀여운 얼굴을 보고 있었다. 그때 멀찌감치 떨어져 있던 폴리가 그루밍을 끝내고 성큼 다가왔다. 놀자는 듯 앞에서 한참 동안 식빵을 구워봐도 롤리는 묵묵부답. 폴리는 갑자기 입을 크게 벌려 마치 주먹밥을 먹듯이 "와앙!" 하며 롤리의 머리를 한입 물었다.

용기를 내서 다가왔는데도 아무 반응 없는 롤리가 얄미워 짓궂은 장난을 친 것일까. 롤리는 움직이기 귀찮아서인지 꽤 오래 버텼지만, 폴리가 몇 번이나 자기 머리를 씹고 뜯고 맛보는 게 짜증 났

는지 앞발로 폴리를 쓰러뜨리면서 레슬링 놀이를 시작했다.

갑작스러운 봄기운이 폴리의 심경을 변화시켜 롤리에게 다가가게 만들었을까. 티격태격하는 모습이지만 왠지 따로 있을 때보다 즐거워 보였다. 사소한 장난이 금세 천진난만한 싸움으로 번지는 걸 보면 역시 형제는 형제인가 보다.

봄이 되면 지역마다 길고양이 TNR 사업이 시작된다. 미쯔를 처음 만난 건 지난 초겨울이었는데, 여러 번 출산을 한 미쯔가 그때까지도 중성화 수술이 되어 있지 않은 점이 늘 마음에 걸렸다.

"이러다가 공원에 아깽이 대란이 오겠는데?"

미쯔를 아는 사람들이라면 모두 다가올 봄을 걱정했다. 이대로라면 분명 다시 임신해서 새끼를 낳을 것이기 때문이다. 제한된 영역에 고양이가 늘어나는 것도 문제지만 그보다 미쯔의 건강이 더 걱정되었다. 암컷 고양이는 중성화 수술을 하지 않으면 멈추지 않는 출산과 육묘 때문에 몸이 금방 상하고 만다.

그전에도 공원의 길집사들이 미쯔의 중성화 수술을 시도한 적이 있었다고 한다. TNR 포획팀이 몇 차례나 다녀갔지만 새끼들은 잡혀도, 눈치 백 단인 미쯔는 매번 달아나버리는 통에 실패했다. 미쯔네 가족을 챙겨주는 분들은 포기하지 않고 다시 봄이 오기만을 기다렸다. TNR 신청 기간에 맞춰 신청했고, 순번이 돌아올 때까지 기다렸다.

간절한 마음이 통한 걸까. 드디어 미쯔가 포획되어 중성화 수술을 받았다는 소식을 들었다. 수술 후 방사된 미쯔는 한결 표정이 가벼워 보였다. 막둥이들도 다 컸겠다, 이제 자유로운 묘생을 보낼 날만 남았다. 연중행사로 겪어야 했던 발정 때문에 괴로워할 일도 없고, 새끼들을 위해 삶을 희생하지 않아도 된다. 어린 시절 그랬듯, 아무 걱정 없이 뛰놀던 즐거운 봄이 미쯔에게도 다시 찾아올 것이다.

　봄이 오니 연일 따뜻한 날씨에 공원 고양이들도 여유롭다. 겨우내 찌뿌둥한 몸을 기지개로 쭉 펴고, 아무렇게나 누운 채 봄꽃 구경이 한창이다. 한가로운 평일 오후 고양이들과 꽃에 둘러싸여 있자니, 마치 나 혼자만 고양이들의 봄나들이에 초대받은 기분이다. 꽃놀이에 돗자리는 필요 없다. 마음에 드는 꽃나무를 골라 그늘에 기대 낮잠을 자는 것. 이게 바로 고양이들의 꽃놀이 방법이다. 푸딩이와 쿠크는 산수유나무에, 폴리는 진달래 꽃나무에…. 고양이들에게도 각자의 취향이 있는 모양이다. 나는 흙바닥에 털썩 앉아 꽃을 구경하는 고양이를 구경한다.

　따스한 봄볕에 꽃이 활짝 피면, 고양이 얼굴에도 행복이 피어나는 듯하다. 봄처럼 따뜻하고 꽃처럼 예쁜 고양이. 모든 것이 소생하는 계절과 가장 잘 어울리는 풍경이다.

산당화 나무에게 쓰다듬을 받는 다스.

세상이 온통 꽃천지다냥!

오로지 고양이에게만 마음을 여는 고양이들이 있다. 칙촉이는 사람과는 절대 어울리지 않았지만, 고양이들과는 잘 지내는 편이었다. 그마저도 칙촉이가 마음을 터놓는 고양이는 뽀또 뿐이었다. 뽀또가 옆에 있을 때면 용기를 내어 모습을 드러냈다.

일 년 동안 알고 지냈지만, 낮에 칙촉이를 본 적은 없었다. 한밤중에 가끔 골목에서 마주치면 허둥지둥 사라지기 일쑤였다. 뽀또가 옆에 없을 때의 칙촉이는 전혀 다른 고양이 같았다.

당장은 어렵더라도, 뽀또와 함께 다니다 보면 언젠가는 친해질 수 있지 않을까 내심 기대했다. 하지만 상황은 꼬여갔다. 뽀또와 오즈가 공원에서 살림을 차리는 바람에 칙촉이를 볼 기회가 점점 줄어든 것이다.

칙촉이는 오즈가 떠난 뒤에야 마음 편히 뽀또를 보러 공원을 찾았다. 가장 걱정했던 것은 오레오와 마찰이 생기는 일이었다. 그래도 뽀또라는 접점 덕분인지 오레오와 사이가 나쁘지는 않았다.

얼마 후, 처음으로 밝은 시간대에 칙촉이를 봤다. 아침에 공원을 가 보니 수풀 사이에 자고 있었다. 최대한 살금살금 다가갔지만, 눈이 딱 마주치는 순간 깜짝 놀라 달아났다. 잠시 후 뽀또가 나타나자 그제야 칙촉이는 얼굴을 드러냈다.

일명 '뽀또 효과'는 대단했다! 사람을 많이 경계하던 칙촉이도 뽀또와 함께 있을 때 얼굴에 긴장감이 사라졌다. 대신 칙촉이는 하악질을 하기 시작했다. 고양이가 귀를 바짝 눕히고 "하악!" 소리를 내는 건 '저리 가!' 하고 경고하는 것이니 웬만해선 다가가지 않는 게 좋다. 그나마 다행인 건 간식을 주려고 다가갈 때면 하악질은 해도, 공격은 하지 않는다는 점이었다. 칙촉이의 하악질은 말하자면 습관 같은 것이었다. 어차피 맛있게 먹을 거면서 왜 그리 화를 낼까. 계절이 두 번 바뀌도록 '습관성 하악질'은 멈추지 않았다. 언젠가 칙촉이도 마음을 열겠지만, 그러려면 따스한 경험과 칙촉이가 살아온 만큼의 시간이 더 필요할지도 모르겠다.

뽀또는 어려움 속에서도 즐거움을 느낄 줄 아는 고양이다. 비 온 뒤 축축한 땅바닥에서도 거리낌 없이 굴렀다. 젖은 땅에서 구르고 나면 기껏 열심히 그루밍한 하얀 털이 흙에 더럽혀지지만 '뒷일은 어떻게든 되겠지' 하고 여기는 듯 걱정하는 기색이 없었다. 가끔 대책 없이 구른 후에 내게 뒤처리(?)를 떠맡길 때도 있었다. 공원에는 소나무가 우거져 떨어진 솔잎이 많았는데, 뽀또는 실컷 구른 뒤에 마른 솔잎을 잔뜩 묻혀 와서는 내가 털어주길 기대하며 주변을 어슬렁거렸다.

심각한 상황에서조차 낙천적인 뽀또의 행동에 나도 모르게 웃음이 터졌던 날이 기억난다. 비가 내리던 날, 누군가 급식소 사료를 일부러 흙바닥에 흩뿌려놓고 간 것을 발견했다. 빗물에 사료가 하얗게 불어 있어서 바로 알 수 있었다. 진작 수상한 낌새를 알아차렸어야 했는데…. 고양이들을 굶게 만든 누군가의 행동 탓에 속상하고 화가 났다. 대책으로 경고 스티커를 붙여봐도 그때뿐이었다. 불안한 해코지는 계속되었고, 스트레스 때문에 밤잠을 설칠 정도였다.

그런데 며칠 후에 찾아가 보니 땅바닥에 뿌려진 사료를 뽀또와 오레오가 주워 먹고 있는 것이 아닌가. 그릇에 담긴 사료가 넉넉했는데도, 두 고양이는 마른 솔잎 사이에 떨어진 사료를 한 알 한 알 찾아 먹고 있었다. 순간 피식 웃음이 터져 나왔다. 고양이들에게는 그릇에 담긴 것이든 바닥에 떨어진 것이든, 모두 똑같은 사료였다. 오히려 바닥에 떨어진 사료를 찾아 먹는 게 놀이처럼 느껴져 재미났던 모양이다.

"넘어지면 뭐라도 주워라."

- 오즈월드 에이버리(1877~1955)

　고난 속에서도 즐길 거리를 찾는 뽀또와 오레오를 보며 불현듯 이 명언이 떠올랐다. 고양이들은 왜 하필 나쁜 일이 일어났는지 끙끙 앓지도, 앞날을 걱정하지도 않는다. 오로지 지금만을 충실히 살아갈 뿐이다. 이는 고양이 대뇌의 신피질 양이 현저하게 적기 때문에 과거의 일을 곱씹거나 미래를 걱정하지 않아서라고 한다. 그래서 고양이는 축축한 땅 위에서도 신나게 구르고, 누군가 일부러 땅에 흩어버린 사료마저 놀이하듯 주워 먹은 것이다.

　캣맘 활동을 시작하면 반드시 겪는다는 '밥그릇 테러범'과의 갈등에 신경이 곤두섰던 나는, 그날 이후 조금 마음이 가벼워졌다. 뽀또 부자의 엉뚱한 행동을 보며 웃음을 터뜨릴 때, 내 속에 쌓인 부정적인 감정들도 사라졌던 것이리라. 태어날 때부터 긍정적인 고양이들을 보며 심란한 일 앞에서도 평상심을 유지하자고 다짐해 본다.

고양이들은 독립하면 어디로 가는 걸까. 익숙한 얼굴의 고양이들이 하나둘 떠난 후 한동안 공원 앞 횡단보도를 건널 때면 그 작은 발로 얼마나 멀리까지 떠나갔는지 궁금했다.

시간이 흘러 떠난 고양이들을 잠시 잊고 살던 무렵, 삼냥이네 길집사들이 사진 한 장을 보내왔다. 사진 속 고양이의 모습은 흐릿했지만, 지난가을 공원을 떠난 파베가 분명했다. 등잔 밑이 어둡다고, 파베가 정착한 곳은 다름 아닌 돼지바의 영역이었다.

돼지바가 사는 공원은 뽀또네 공원에서 걸어서 채 10분도 걸리지 않는 곳이었다. 자주 지나가는 길이라 파베와 한 번쯤 마주쳤을 법도 한데 여태껏 모르고 있었다는 게 의아했다.

파베와 돼지바의 밥을 챙겨주는 분을 만나 그간의 사정을 들었다. 몇 개월 전 파베가 공원에 나타나자, 돼지바는 영역을 침범당했다고 여겼는지 쫓아내려 했다. 그러나 파베는 영역 임자인 돼지바가 눈치를 주든 말든 밥시간만 되면 어김없이 나타났고, 심지어 냥냥펀치를 맞아도 태연했다고 한다.

'하필이면 돼지바 영역으로 갔담.'

텃세에 밀려 파베가 오래 버티지 못할 거라고 생각했다. 내 머릿속 돼지바의 이미지는 가시 돋친 고슴도치 같았기 때문이다. 한마디로 남과 잘 어울리지 못하는 까칠한 고양이였다. 미쯔네든 삼냥이네든 돼지바가 등장하면 공기부터 썰렁해졌고, 고양이들은 일제히 어디론가 숨어 버리거나 경계했다. 어째서 다들 돼지바를 싫어하는지 내심 속상했다. 동글동글한 얼굴이 귀염상인 데다 공격적인 성향도 없는데….

하지만 돼지바에게는 결정적인 단점이 있었다. 고양이들과 관계 맺는 일에 서툴렀다. 나쁜 마음으로 그런 건 아니었다 해도, 큰소리로 울며 다가가는 모습이 같은 고양이들에겐 비호감으로 보

였는지 좀처럼 친구가 생기지 않았다.

파베가 자신의 영역으로 찾아와 준 덕분에 드디어 친구를 만들 기회가 찾아왔건만, 돼지바는 파베를 '투명 고양이' 취급했다. 아무리 외로워도 어린 고양이와는 친구가 될 수 없다는 자존심일까.

한 공간에 살지만 둘은 최대한 마주치지 않았다. 식사 시간에만 어쩔 수 없이 함께 밥을 먹었다. 급기야는 내 영역에서 떠나라며 화를 내는 것도 귀찮은지 파베가 눈앞에 보이지 않는 척했다. 둘의 불편한 동거를 지켜보며 늘 마음이 조마조마했다.

하지만 기적이 일어났다. 얼마 후 돼지바가 파베에게 다가가 코인사를 건네는 장면을 목격한 것이다. 순식간에 벌어진 일이라 잘못 본 게 아닌가 싶었을 때, 파베 또한 자연스레 인사를 받아주었다.

내가 알지 못하는 사이 둘의 관계에는 변화가 싹트고 있었다. 파베를 있는 듯 없는 듯 무시하는 것처럼 보였던 모습은, 동료로 받아주겠다는 돼지바 나름대로의 표현이었는지도 모르겠다. 표현하는 방식은 각자 다른 법이니까.

봄이 오자 미쯔네 공원에는 온갖 벌레가 들끓기 시작했다. 개미, 파리, 모기 등 작은 벌레들은 습기가 많은 잡초에 모였다. 공중에 날아다니는 벌레도 셀 수 없이 많았다. 호기심이 발동하거나 귀찮게 하지 않는 이상 고양이들은 벌레를 잡으러 다니지 않았다. 그 많은 벌레를 일일이 잡아내는 것도 피곤할 터였다.

폴리는 옆으로 누워 편안한 자세로 휴식을 취하고 있었다. 햇볕은 따스하고, 무성하게 자란 잡초밭이 푹신푹신해 보였다. 꿈뻑이는 눈은 낮잠이 들기 일보 직전이었다. 그때 파리 한 마리가 '윙윙' 소리를 내며 날아와 수염을 건드렸다. 무시하려고도 해 봤지만, 눈치 없는 파리는 폴리 앞을 맴돌며 신경을 거슬리게 했다.

"뭐냐옹? 꿀잠 자기 직전이었는데!"

폴리의 수염이 일제히 파리 쪽으로 향했다. 방해물이 다가오면 고양이 입술 양옆의 수염은 방해물을 감지하기 위해 앞으로 쭉 뻗는다. 고양이 수염은 단순히 긴 털이 아니다. 거리와 깊이를 측정하는 척도 역할을 한다.

재빠른 냥냥펀치에 기민한 수염까지…. 타고난 사냥꾼의 요소를 두루 갖추고 태어난 고양이들이지만, 의외로 허당 기가 다분하다. 고양이와 사냥놀이를 해 본 적이 있는 사람들이라면 알겠지만, 고양이들은 숨차게 뛰어다니는 것에 비해 적중률이 낮은 편이다. 장난감 낚싯대에 달린 깃털도 잡기 어려운데, 자유자재로 날아다니는 작은 벌레를 잡는 건 오죽할까.

"벌레야, 어디 숨었냐옹~"

낮잠에서 깨어난 폴리는 눈에 불을 켜고 우다다 소리를 내며 잡초밭을 뛰어다녔다. 하지만 방금까지 폴리를 괴롭히던 파리는 이미 멀리 날아가 버린 지 오래였다.

폴리와 벌레들의 소동은 여름 내내 계속되었다. 결정적인 순간마다 폴리는 한발 늦었다. 벌레를 잡으려고 두 발로 서서 필사적으로 양손을 뻗어 봐도 언제나 벌레들이 더 빨랐다. 벌레들은 근처의 키 작은 나무 사이로 재빨리 숨거나, 폴리의 손이 닿지 않는 높은 곳으로 멀리 날아가기 일쑤였다. 유감스럽게도 폴리는 내가 보는 앞에서 벌레 사냥에 성공한 적이 단 한 번도 없었다.

귀여움에는 아우라 비슷한 게 있다. 가끔 귀여움을 촉이나 감으로 먼저 느끼곤 한다. 길을 지나가다 문득 고양이의 기운(?)이 느껴져 화단을 쓱 봤는데 정말로 그곳에 고양이가 있거나, 공원 수로 입구에서 뿅 하고 나온 적도 있다.

미쯔네 공원을 가니 붓꽃이 한 포기 덩그러니 피어 있었다. 조금 더 발걸음을 옮기자 아담한 붓꽃밭이 눈에 들어왔다. 며칠 전에 왔을 때만 해도 아무것도 없던 것 같은데, 여름꽃은 소리 없이 자라 있었다.

가만 보니 보랏빛 붓꽃밭 한가운데 '고양이 꽃'도 한 송이 피어 있다. 5월의 햇빛이 기분 좋게 내리쬐는 가운데, 푸딩이가 붓꽃밭을 숨숨집 삼아 들어가 있었다. 가운데가 비어 있는 꽃밭 속은 꽃으로 만든 이불을 덮은 듯 아늑해 보였다.

푸딩이는 붓꽃 그늘이 편안한지 한동안 그곳에 머물렀다. 고양이는 몸을 포근히 감싸주는 좁은 공간을 좋아한다. 숨숨집이 될 만한 곳을 찾아내어 꼭꼭 몸을 숨기면 아무도 자신을 찾지 못하리라 생각하는 것 같았다. 어린아이가 숨바꼭질할 때, 눈만 가리면 상대방에게 자신이 보이지 않을 거라고 믿는 것처럼. 하지만 아무리 몸을 숨겨도 고양이의 귀여움마저 숨길 수는 없는 법이다.

고양이는 높은 곳에 올라가 주변을 관망하는 것을 좋아한다. 적이 다가오는 것을 한눈에 볼 수 있으니 안전하고, 높은 곳에 있으면 천적이 함부로 자기를 잡을 수 없기 때문이다. 그래서인지 높은 곳에 오른 고양이들의 표정은 말할 수 없이 자유롭고 상쾌해 보인다.

이렇게 높은 곳에 오르고 싶은 고양이의 욕구를 채워주는 것이 바로 캣타워다. 실내에서 생활하는 고양이들은 반려인이 캣타워를 대신 구매해 주어 사용하지만, 길고양이들은 자연 그대로의 캣타워를 오르내린다.

미쯔네 공원의 최상급 캣타워는 버드나무다. 공원에는 다양한 나무가 자라고 있지만, 고양이들이 선호하는 조건을 두루 갖춘 나무는 뭐니 뭐니 해도 버드나무이기 때문이다. 굵은 나뭇가지는 U자형으로 하늘을 향해 곧게 뻗어서 고양이 몸을 '묘체공학적'으로 받쳐준다. 높이도 족히 10미터 이상은 되는 데다, 등반할 때도 흔들리지 않아 안정감이 있다.

높은 곳을 좋아하는 쿠크는 버드나무에 올라 오후 시간을 보내곤 했다. 4월이 되면 버드나무의 늘어진 잔가지에 푸른 새싹이 풍성히 자란다. 쿠크는 나무에 올라가 잎사귀 사이에 숨은 새들을 구경하기를 좋아했다. 그러나 새들은 어느샌가 떠나가 버리고, 쿠크는 나무에 올라온 이유를 잊어버린 채 그대로 낮잠을 자거나 세상 구경을 한다.

버드나무에 올라가 있는 쿠크를 보니 문득 묘한 기분이 들었다. 좀 전까지만 해도 나보다 한참 낮은 시선으로 세상을 보던 쿠크. 평소 고양이는 고작 지면에서 40센티미터 정도에 불과한 눈높이로 세상을 본다. 그러다 순식간에 나무에 뛰어오르는 순간 고양이 눈높이는 3미터가 된다. 세상을 올려다보는 게 아닌, 발밑을 내려다보는 고양이의 시선에는 사람의 발이 아닌 정수리가 보이고, 한없이 거대해 보이던 것들도 작아 보일 터다. 위험해 보이던 것들도 실은 별거 아니란 생각에 두려움이 사그라들지도 모른다. 고양이 특유의 자신감도, 여유도 언제든 위에서 바라볼 준비가 되어 있기에 생기는 게 아닐까.

쌍둥이 형제 롤리는 올봄에 독립해서 이곳을 떠났지만, 폴리는 여전히 엄마 집에 얹혀산다. 애석하게도 어미 고양이는 다 큰 자식을 품지 않는다. 특히나 수고양이들은 어린 티를 벗자마자 영역 밖으로 쫓겨난다.

폴리네 집도 예외는 아니었다. 미쯔는 아들 폴리가 다가올 때마다 저리 가라며 냥냥펀치를 날렸다. 다 자란 것 같아도 폴리는 아직 한 살밖에 안 되니 살갑게 대해주면 좋으련만…. 어린 고양이의 독립은 언제나 눈물겹다.

어느 날, 집안 대대로 앙숙인 돼지바가 폴리네 가족을 찾아왔다. 돼지바는 가끔 폴리네로 와서 제집처럼 밥을 먹고, 대자로 뻗어 낮잠도 잔다. 누울 곳은 많고 밥이야 넉넉하니, 폴리네 가족도 돼지바가 멋대로 구는 행동에 대해 크게 상관하지 않았다.

그런데 돼지바는 불만이라도 있는지 폴리네 가족들을 쫓아다니며 눈빛 레이저를 발사하곤 했다. 주로 미쯔를 집요하게 괴롭혔는데, 최근에는 폴리가 새로운 표적이 되었다. 돼지바는 언제나처럼 우렁차게 울며 폴리를 위협했다.

"웱~옹, 웨엑옹!"

불과 몇 달 전만 해도 엄마라는 든든한 뒷배가 있었지만, 폴리도 이제 스스로 어려움을 헤쳐나가야 할 나이다. 폴리는 어리지만 대담한 고양이여서 당하고만 있지는 않을 것 같았다. 그런데 우람한 돼지바의 체구에 비해 자신이 너무 조그맣게 느껴진 걸까. 폴리는 잠시 고민하더니 뒷걸음질을 쳤다.

묘생 N년차, 싸움에 도가 튼 돼지바는 흔들리는 적의 눈빛을 놓치지 않았다. 방심하는 폴리를 향해 돼지바가 정면 질주했다! 폴리는 젖먹던 힘까지 쥐어짜 달렸고, 돼지바는 눈에 불을 켜고 추격했다. 궁지에 몰린 폴리는 단숨에 높다란 나무 꼭대기에 올라탔다.

돼지바도 여간 흥분한 게 아니었다. 본때를 보여주겠다는 듯이 발톱을 나무둥치에 꽂으며 성큼성큼 거리를 좁혀 갔다.

"아니, 같은 고등어끼리 좀 사이좋게 지내면 안 되냥?"

나뭇가지에 간신히 대롱대롱 매달린 폴리는 하얗게 질린 얼굴로 엄마 미쯔를 향해 다급한 구조 요청을 보냈지만, 미쯔는 꼼짝하지 않았다. 위험에 처한 자식을 보는 미쯔도 분명 애가 탈 것이다. 그런데도 묵묵히 지켜보는 데는 나름의 이유가 있지 않을까. 언제까지나 엄마 뒤에 숨을 수는 없다는 걸 몸으로 일깨워주기 위해서였을까. 엄마의 지원사격을 받지 못한 폴리는 홀로 두려움을 견뎌야 했다.

막다른 곳에 몰려도 솟아날 구멍은 있는 법. 돼지바가 그만 나무에서 미끄러지고 말았다. 가볍게 나무를 타기엔 너무 살이 쪄 버린 탓일까? 돼지바는 씩씩대며 나무 위를 올려다봤다. 폴리는 안도하며 대치 상황이 얼른 끝나길 숨죽여 기다리는 듯했다.

결국 돼지바는 제풀에 지쳐 자리를 떴다. 멀리 사라져가는 돼지바의 뒷모습을 확인하고 나서야 폴리도 조심스럽게 나무를 내려왔다. 땅에 발이 닿자마자 가장 먼저 달려간 곳은 엄마 품이었다. 폴리는 코 인사를 하며 무사히 돌아왔음을 전했다. 폴리가 다가오면 '하악!' 소리를 내며 피하기 일쑤였던 미쯔지만, 오늘은 웬일인지 흔쾌히 인사를 받아주었다. 돼지바의 공격을 힘겹게 버텨낸 아들을 묵묵히 격려하는 마음에서일까.

이날 폴리는 서툴지만 가까스로 홀로서기에 성공했다. 오늘의 작은 성공을 떠올린다면 어떤 험난한 일도 분명 헤쳐나갈 수 있을 것이다.

뽀또를 알고 지낸 지 딱 1년 정도 되던 때, 전세 계약이 끝나 이사를 해야 했다. 평소 뽀또와 오레오를 나만큼 아끼던 언니는 고양이들을 어떻게 할지 고민하다가, 모두가 함께 살 집을 구했다. 둘을 집으로 데려오고 싶은 마음이 굴뚝 같던 나에게는 고맙고도 기쁜 소식이었다.

한때는 자연 속에서 자유롭게 살아가는 게 뽀또와 오레오에게 좋지 않을까 하는 생각도 했다. 하지만 길 위의 삶은 아슬아슬했고, 내가 그들의 가족이 되어 평생 지켜주고 싶었다. 우연인지, 둘의 입양을 결정한 달에 마주친 보라색 비비추꽃의 꽃말은 "하늘이 내린 인연"이었다. 꽃말의 뜻을 알기라도 하듯 뽀또와 오레오는 비비추꽃에 폭 싸여 있었다.

입양 예정일은 늦여름이었다. 그런데 예상보다 집이 빨리 구해지는 바람에 서둘러 고양이들을 데려올 준비를 해야 했다. 촉박한 일정 때문에 할 일이 산더미였다. 기존 급식소 철거, 고양이 물품 사기, 입양 전 건강검진 등….

가장 걱정스러웠던 일은 둘을 무사히 이동장 안에 넣어 데려올 수 있는가였다. 오레오는 TNR을 할 때 이동장만 갖고도 포획에 성공한 적이 있을 만큼 경계심이 적었다. 수의사가 어떻게 길고양이를 이동장에 넣어 왔냐며 놀랄 정도였다. 구조 훈련이 시급한 건 뽀또였다. 얼마 남지 않은 이사 날까지, 고양이들이 이동장에 익숙해지도록 틈날 때마다 연습했다.

만반의 준비를 마치고 드디어 이사하기 하루 전날 밤. 긴장에 가득 차서 이동장을 챙겨 들고 집을 나섰다.

'오늘도 나타나 줄까?'

근 몇 달 동안 하루도 빠짐없이 뽀또와 오레오를 만났지만, 괜히 불길한 마음이 들었다. 중요한 날에는 꼭 나쁜 일이 생길 것만 같은 징크스랄까. 공교롭게도 그날 밤은 비까지 부슬부슬 내렸다. 비가 오면 고양이들이 숨어버려 나오지 않을 수도 있어서 조바심이 났다.

뽀또와 오레오는 모습을 드러냈지만, 비 때문인지 불안한 모습이 역력했다. 그래도 평소처럼만 해준다면 성공일 터. 이동장 문을 열고 냄새가 강한 유인용 간식을 넣었다. 하지만 빗방울은 점점 거세졌고, 긴장한 내 마음을 느꼈는지 고양이들까지 안절부절못했다. 둘은 겨우 간식을 먹을 수 있을 정도로만 이동장에 앞발을 걸치고, 뒷발은 언제든 빠져나갈 수 있도록 밖에 내놓은 자세로 긴장을 놓지 않았다.

숨죽이며 지켜보던 그때, 간식에 홀린 오레오의 뒷발이 이동장으로 다 들어가는 순간을 놓치지 않았다. 이동장 입구 근처에 쭈그리고 앉아 있다가 재빨리 문을 닫았다. 간식을 다 먹은 뒤에야 잡힌 것을 깨달은 오레오는 가슴 깊은 곳에서 울리는 낮은 목소리로 "와우웅" 하고 서럽게 울었다. 꺼내 달라는 하소연이었다. 그러나 큰일을 앞두고 오레오의 구슬픈 울음소리에 마음이 흔들릴 만큼 내 경험은 얕지 않았다. 평정심을 되찾고 뽀또의 포획에 집중했다.

"집에 가자, 뽀또야."

한 걸음만 더 이동장 속으로 내디디면 앞으로 편안하고 행복한 묘생을 보낼 수 있다며 애써 침착하게 말을 걸던 그때, 내 마음이 전해졌는지 뽀또는 이동장 속으로 쏙 들어갔다. 그제야 안도의 한숨을 쉬었다.

'조금만 참아, 이제 우린 함께 사는 거야.'

이사 후 며칠간은 고양이들을 작은 방에서 지내게 했다. 방에는 물과 밥, 화장실, 숨숨집, 캣타워 등 필요한 모든 것을 준비해 두었다. 방이 익숙해지면 서서히 영역을 넓혀 나가는 걸 목표로 했다.

뽀또와 오레오는 서로 꼭 붙어 잠만 잤다. 잔다기보다는 몸살을 앓는 것 같았다. 특히 뽀또의 정신적 후유증이 심했다. 차에서 긴 시간을 보낸 데다 병원에서 한바탕 소동이 있었기 때문이다. 내가 곁에 가면 뽀또는 가르랑거렸는데, 기분이 좋아서가 아니라 아픔을 달래는 치유의 골골송이었다. 먹는 양도 줄었다. 사냥놀이도 불가능했다. 고양이들에게 사냥은 본능이라지만, 뽀또에게는 눈앞의 장난감이 보이지 않는 것 같았다. 아무리 흔들어 봐도 초점 없는 눈으로 멍하니 다른 곳을 보기만 했다.

격리 일주일 후, 방문을 열어주니 뽀또와 오레오는 낮은 포복으로 거실을 조심스럽게 탐색했다. 가끔 스크래처를 긁고, 거실 가구에 얼굴을 쓱 비비며 체취를 묻혔다. 그렇게 거실과 방을 오가기를 반복하며 새 보금자리에 점차 적응해 나가는 듯 보였다.

그런데 다음 날 아침, 뽀또와 오레오가 사라졌다! 고정관념 때문인지 맨 먼저 시선이 간 곳은 창문이었다. 하지만 아무리 생각해도 탈출했을 가능성은 없었다. 이사 초기 방묘창을 아직 설치하지 못한 때라 24시간 꼭 닫아두었기 때문이다. 샅샅이 찾아봐도 둘은 보이지 않았다. 숨숨집 안에도, 의자 밑에도 에어컨 뒤에도 없었다. 그럴 리가 없는데, 정말 탈출이라도 한 걸까. 불안과 두려움에 가슴이 요동치고 목이 뜨거워졌다.

그때 멀리서 고양이 울음소리가 조그맣게 들려왔다. 전혀 예상도 못 한 싱크대 하부장 밑 공간이었다. 하부장 밑 선반을 열고 안에 들어간 것이다. 간식으로 유혹해 봐도 나올 생각이 없어 보였다.

"여긴 어디고, 나는 누구냥!"

고양이들의 기행은 밤마다 이어졌다. 낮에는 조용했다가 밤에는 정신이 드는지 미친 듯이 우다다를 했다. 흥분한 나머지 커튼에 발톱을 박으며 타고 올라갔고, 에어컨 위로 뛰어오르기까지 했다. 한동안 아침에 일어나면 제자리에 있는 물건이 하나도 없을 정도였다. 혼돈의 시간 속에서 내가 할 수 있는 일은 없었다. 그저 뽀또와 오레오가 적응하기를 기다릴 뿐이었다.

집사가 된 이후로 하루가 부쩍 짧아졌다. 아침밥 챙겨주기로 시작해서 자기 전 사냥놀이를 하고 저녁밥을 주는 것까지. 똑같은 일상을 반복하면 눈 깜짝할 새 잘 시간이다. 고양이는 어린아이랑 똑같다더니, 그 말이 딱 맞다. 고양이들이 온종일 따라다닐 때면 마치 어미 고양이가 된 기분이다. 둘의 응석받이 기질은 날로 강해져서 화장실 문 앞에서 기다리고 있거나, 일하는 도중 슬그머니 와서 관심을 가져주길 바라는 일이 다반사다. 두 눈을 반짝이며 소리 없이 입만 뻥끗 우는 고양이를 보고서도 일을 계속할 수 있는 집사는 없을 것이다. 고양이들이 부른다는 핑계로 할 일을 미룬 적이 많아졌다.

보호자로서 책임감은 갈수록 커져만 간다. 나만의 시간이 부족

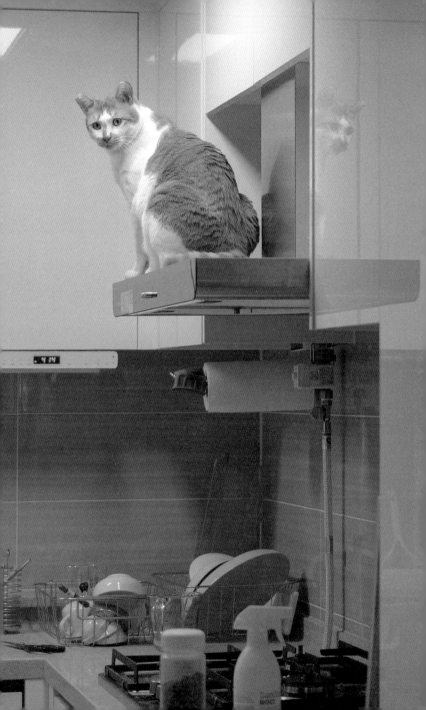

해지고, 예상치 못한 지출이 늘어나는 일도 생겼다. 몸과 마음은 바빠졌지만 자주 행복감을 느낀다. 뽀또와 오레오가 오고 난 후부터 우리 집에는 웃음이 끊이지 않는다. 배를 훤히 드러내고 자는 모습이 귀여워서 미소짓게 되고, 둘이 싸우며 노는 모습에 웃음이 터지고, 물을 꿀떡꿀떡 잘 마셔서 흐뭇하고…. 고양이들과 있으면 별 사소한 일로도 웃을 이유가 무궁무진했다.

길고양이 시절부터 가족이 된 지금까지 고양이들을 보호하는 일은 무엇 하나 쉽지 않았다. 모든 게 서툴러서 시행착오도 참 많이 겪었다. 쉽게 얻은 행복이 아니기에 고양이들과 보내는 매 순간이 소중하고 감사하다. 부디 뽀또와 오레오도 나만큼 행복한 나날을 보내고 있길 바란다.

뽀레오와 영원히

세찬 장맛비가 창문을 때린다. 요란한 천둥소리에도 고양이들은 세상모르고 코까지 골며 잔다. 잠든 얼굴이 마치 천사 같다. 천사라는 표현은 너무 진부해서 애써 다른 표현을 떠올려 보지만, 내 눈에는 옆으로 누워 자는 고양이들 어깨에 조그만 날개가 달린 것 같다. 이토록 귀여운 생명체들이 우리 집에 있다니!

고양이들은 여름 동안 많이 변했다. 제일 먼저 바뀐 것은 잿빛 발바닥이었다. 매일 부지런히 그루밍을 해도 흙먼지에 금방 까매졌던 발이, 드디어 원래의 뽀얀 털빛을 드러낸 것이다. 거의 일 년을 알고 지내면서 다양한 모습을 봐 왔다고 자부했는데, 집에 적응한 뒤부터는 길에서는 본 적 없는 특이한 자세도 보여준다. 뽀또와 오레오가 서로 꼭 붙어 하트 모양 만들기, 개구리처럼 네 발을 마음껏 뻗고 자기 등 매일 새로운 자세를 보여줄 때면 감개무량하다. 마음 놓을 수 있는 곳에서만 보여주는 무방비한 모습이기 때문이다.

뽀또는 전에 들을 수 없던 새로운 울음소리를 들려줬다. 공원에서는 제 목소리가 잘 들리도록 크게 울었지만, 집에 오고 나서는 "웅아아~" 하며 작고 귀여운 소리를 낸다. 가끔 귓속말이라도 하듯 소리 없이 입만 벙긋거리기도 한다. 소리 없이 입만 벌리며 지그시 바라보는 게 "간식 달라"는 신호란 걸 최근에야 알았다.

오레오는 어릴 적부터 경계심이 많았는데, 이제는 먼저 다가와 내 곁에 발라당 눕는다. 귀밑에 듬성듬성 난 꺼칠한 털을 쓰다듬으면 눈을 가늘게 뜨고 기분 좋은 골골송을 부른다.

고양이들이 오고 나서 나도 바뀌었다. 묘한 자신감이 생겼다고 나 할까. 기분이 처지는 날엔 '괜찮아, 우리 집에는 고양이가 있잖아?' 하고 생각하면 다시 일어날 힘이 생긴다. 인간이 나약하기에 신이 고양이를 보내주었다는데, 내가 바로 그 산증인이다. 내 삶에 고양이들이 들어온 뒤에, 좀 더 마음이 튼튼한 사람이 된 것 같다.

어느 봄날 불쑥 찾아온 소중한 묘연. 이 인연이 너무 이르거나 늦지 않게 와 주어 다행이다. 좀 더 어렸더라면 앞만 보며 사느라 스쳐 지나쳤을 듯하고, 늦었다면 뽀또와 오레오를 만나지 못했을지도 모르니까. 어렵게 가족이 된 만큼, 함께 오래오래 웃는 날을 보냈으면 좋겠다.

집순이였던 내가 숨은 길고양이를 찾아 걷고 또 걷는 여행을 시작한 것도, 즐겁지만 때로는 고단한 그 여행을 계속하게 되는 것도, 모두 나의 사랑스러운 고양이가 있기 때문이다.

내가 모르는 어느 곳에서 살아가고 있을 또 다른 뽀또와 오레오를 만나, 그들의 이야기를 세상에 전하고 싶다. 길고양이도 우리처럼 다양한 감정을 느끼고 소중한 관계를 맺으며 살아가는 생명이기에.

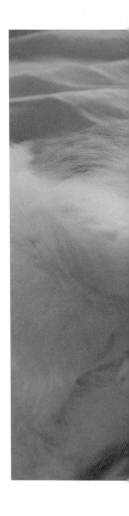

뽀또와 오레오의 지난 사진을 정리하다 갑자기 뭉클해졌다.
길에서 지내던 시절과, 집고양이가 된 지금이 겹쳐져서.

흙먼지 날리는 땅바닥에 뒹굴던 뽀또에게는
이제 언제나 편하게 쉴 수 있는
깨끗한 집이 생겼다.

물론 변치 않은 것도 있다.
아들이 힘껏 발차기해도 그윽한 얼굴로 받아주는,
아빠의 너그러운 인내심.

세상의 모든 뽀또와 오레오들에게
따뜻한 집과 가족이 생기길 바라며,
오늘도 고양이 여행을 떠난다.

2장

고양이
여행

고양이 여행을
떠나는 마음

처음부터 여행을 좋아하진 않았다. 자타 공인 '집순이'인 데다 낯선 곳은 왠지 어려웠다. 그런 내가 여행을 떠나게 된 건 오직 고양이를 만나기 위해서였다.

여행의 목표는 고양이지만, 낯선 동네에서 만나는 게 생각처럼 쉬운 일은 아니다. 종일 걸어도 고양이 꼬리조차 못 보고 돌아갈 때도 있고, 드디어 발견했다 싶으면 달아나기 십상이었다. 해가 다 져서 오늘은 그만 포기해야지 하고 돌아서려던 찰나 기적처럼 나타난 적도 있다. 먼저 다가오는 고양이를 만나면 아드레날린이 솟구치듯 기분이 들뜬다. 종일 걷느라 아픈 다리도, 피곤함도 잊고 오로지 만남에 집중한다. 먼저 고양이에게 눈인사를 건네고 신상 조사에 들어간다. 동네 환경은 어떤지, 주 영역은 어디인지, 가족은 있는지, 챙겨주는 사람은 있는지….

경계심 없는 고양이 주변에는 열이면 열 좋은 사람들이 있다. 요즘 같은 세상에 길에서 만난 낯선 사람과 대화할 일은 거의 없지만, 고양이를 주제로 나누는 대화는 시간 가는 줄 모르고 술술 이어진다. 고양이와 얽힌 사연을 서로 주고받다 보면 가슴이 뭉클해지고 용기를 얻는다.

세상은 길고양이에게 그리 친절하지 않고, 흉흉한 학대 사건도 종종 일어난다. 하지만 좋은 사람도 많았다. 그리고 그런 사람들은 점점 더 많아질 거라고 믿는다. 그렇기에 내일도 '고양이 여행'을 떠날 것이다. 이 믿음이 진실이라는 것을 확인하기 위해서.

겨울인 데다 날이 흐렸지만, 봄으로 착각할 만큼 차밭은 푸르렀다. 고양이가 산다는 소문을 듣고 무작정 찾아왔건만, 차나무가 빽빽이 들어차 미로처럼 변한 밭에선 고양이 꼬리조차 볼 수 없었다. 잎사귀가 무성한 차나무를 숨숨집 삼아 놀고 있는 걸까? 한참을 헤매다 결국 밭 주인 할머니께 속내를 드러냈다. 조심스럽게 고양이를 만나러 왔다는 말을 꺼내자 흔쾌히 봄이를 불러주셨다.

"봄이야!"

주인 할머니의 애정 섞인 목소리가 적막을 깨뜨렸다. 이곳에서 찻잎은 1년에 딱 한철, 봄에만 수확한다고 한다. 그만큼 고양이를 귀하게 여겨 봄이라는 이름을 주신 것일까.

안개를 헤치고 봄이가 쫄래쫄래 등장했다. 반가움의 표시로 살며시 얼굴을 내밀어 코 인사를 건네고 봄이 등을 쓰다듬었다. 남쪽 지방 고양이는 무언가 다르다. 한겨울인데도 털의 감촉이 포근했다.

봄이는 이곳에 없어서는 안 될 인재, 아니 묘재(猫才)였다. 관광지 고양이답게 접객에 능한 건 기본이요, 넓은 차밭을 홀로 순찰하며 찻잎 상태를 꼼꼼히 확인했다. 가끔은 통통하고 날렵한 앞발로 찻잎에 붙은 해충도 잡아줄 것 같다. 푸르른 차밭을 매일 바라봐서인지 눈동자 색마저 연둣빛으로 물들었다. 고양이들은 자기가 사는 환경이나 함께 사는 사람을 닮아가는 법이니까.

"킁킁, 찻잎을 따려면 아직 멀었는데 왜 벌써 왔냐옹?"

봄이는 내가 따라다니든 말든 신경 쓰지 않고 종종걸음으로 순

찰했다. 한번 집중하면 진득하게 몰두하는 타입인가 보다. 새참이라도 챙겨줄 요량으로 닭가슴살이 든 간식 봉투를 흔들었다. 다 먹고 살자고 하는 일인데 조금 쉬어도 괜찮겠지.

"냥? 누가 간식 소리를 내었느냥?"

순간 봄이의 눈이 반짝 빛났다. 차밭을 사랑하는 '알바 고양이'지만 간식에는 공격적인 '직진 고양이'로 변신하는 건 순간이었다. 순찰을 멈추고 후다닥 달려와 닭가슴살을 먹어 치운 봄이는 혀로 입을 쓰윽 핥더니 아쉬운 듯 더 달라며 야옹야옹 울기 시작한다. 첫인상은 이슬만 먹고살 것 같더니, 간식 앞에서는 영락없는 고양이 본능을 감추지 못하는 모습이 귀엽다.

간식 봉지를 들고 찾아온 손님이 떠나버릴까 걱정됐는지, 봄이는 내가 한 발짝 옮길 때마다 두세 발씩 황급히 내디디며 따라왔다. 고양이 마음을 얻는 데 맛있는 간식만 한 것이 없다지만, 이 정도로 좋아할 줄이야. 오늘의 간식 메뉴는 성공적이었다. 대개 고양이는 어느 정도 먹고 나면 식후 그루밍을 하기 마련인데, 봄이는 머릿속이 간식으로 가득 찼는지 그루밍을 하는 것도 잊은 듯했다.

더 오래 머물고 싶었지만 예약해 둔 비행기 시간이 발걸음을 재촉했다. 아쉬움을 남기고 할머니께 작별 인사를 드렸다. 그런데 아직도 간식이 고픈 봄이가 문 앞에 대기하고 있었다. 차밭 입구까지 졸졸 따라오다가 포기했는지 그만 털썩 주저앉더니 "냐앙~" 외쳤다. 그 소리가 "갈 땐 가더라도 닭가슴살은 더 주고 가라냥!" 하는 소리로 들렸다.

　계속 따라오는 고양이를 멈추게 할 방법은 단 한 가지, 좋아하는 간식에 정신이 팔린 사이 몰래 떠나는 것이다. 봄이를 할머니 댁까지 유인한 뒤 닭가슴살을 주었다.

　떠날 때는 절대 돌아보지 말아야 한다. 눈이 마주치면 모든 노력이 물거품이 될지도 모르니까. 고양이가 다시 따라올 수도, 내 발걸음이 떨어지지 않을 수도 있다. 발소리를 죽이고 차밭을 빠져나오며 생각했다. 한겨울에도 이곳이 온기로 가득한 건 봄이가 있어서라고.

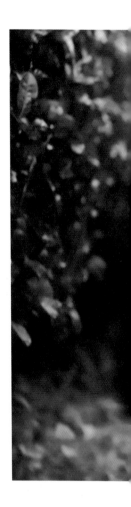

바다 고양이가
눈을 못 뜨는 이유

포구를 거닐고 있을 때였다. 새까만 화강암 방파제에 앉아 바다를 보는 흰 고양이를 발견했다. "냥이야~" 하고 부르자 천천히 돌아본다. 두 눈을 뜨지 못한 채였다.

하얀 고양이는 눈을 감고서도 울퉁불퉁 경사진 방파제 위를 잘도 걷는다. 발밑에 넘실대는 파도를 지켜보는 내 마음은 아슬아슬한데, 이 정도는 눈 감고도 식은 죽 먹기라는 듯 거침없다.

고양이는 햇볕이 내리쬐는 곳에 자리를 잡았다. 햇살에 눈이 부셔 눈을 감은 걸까, 선천적으로 앞을 보지 못하는 걸까? 땅바닥에 몸을 뒹굴뒹굴하며 기분 좋게 발라당 놀이를 할 때조차 두 눈은 한결같이 감은 채였다.

그런데 하얀 고양이가 이쪽저쪽 발라당을 거듭하다 내 쪽을 향해 몸을 확 튼 순간, 놀랍게도 눈을 번쩍 떴다. 혹시 잘못 봤나? 걱정 반 기대 반으로 재빨리 촬영한 사진을 카메라 액정화면으로 확대했다. 분명히 눈을 뜨고 있었다. 그런데 어째서 방금까지 멀쩡해 보이는 눈을 감고 다녔는지 알 길이 없다.

나중에 포구 고양이들의 사연을 우연히 접하고 나서야 이유를 알았다. 눈을 감고 다니는 이유는 세찬 바닷바람에 눈이 시리기 때문이었다. 바람이 강하기로 유명한 제주 아닌가. 매섭고 짠 기운이 섞인 매서운 바람 앞에 눈을 뜨기 힘들어도, 날생선을 얻어먹기 위해 바람 부는 포구로 나선 모양이었다.

아무리 고양이 솜방망이질이 재빠르다고는 해도, 물속을 자유롭게 다니는 물고기를 낚아채기란 쉽지 않다. 고양이들은 머리를 짜냈다. 직접 힘들여 물고기를 잡는 대신, 등대 근처 낚시꾼들의 주변을 기웃거리며 생선을 얻어내자고. 그 간절함이 와 닿은 걸까. 낚시꾼들은 무심한 듯 다정하게 고양이 뭇을 챙겼다.

한 낚시꾼이 어린아이 손바닥만 한 생선을 고양이들에게 툭 던진다. 삼색 고양이가 자기 앞에 놓인 생선을 멍하니 본다. 바로 "앙!" 하고 물고 갈 줄 알았는데 장난감 다루듯 앞발로 이리저리 건드릴 뿐이다. 배가 고프지 않아서일까?

"어휴, 애네는 갓 잡은 것만 좋아해."

낚시꾼은 그런 모습이 이미 익숙하다는 듯 말했다. 비록 나눔을 받는 처지지만, 고양이들도 나름대로 생선에 급을 나누고 싶은가 보다. 갓 잡은 생선이었으면 좋았으련만…. 그래도 그날 잡은 생선이니, 최상급은 아니어도 상급 정도는 되지 않았으려나. 궂은날에는 낚시꾼이 찾아오지 않아 이마저도 구할 수 없으니 그럭저럭 운수 좋은 날이었을지도 모른다.

"냠냠…. 바로 이 맛이다옹~"

바닷바람 때문에 눈이 시리긴 해도 역시 기다린 보람이 있다. '1냥 1어'를 꿈꾸며 포구에 옹기종기 모여 있는 고양이들. 바다 고양이들이 있어 제주가 더 정겹게 느껴졌다.

사이 좋은 고양이 커플은 멀리서 봐도 티가 난다. 고양이들은 상대방을 향한 애정을 온몸으로 표현하기 때문이다. 코를 가까이 대며 인사하기, 볼 부비기, 박치기, 핥아주기…. 고양이들의 애정표현은 투박하고 거침없기에 더욱 사랑스럽게 느껴진다.

시도 때도 없이 애정표현을 하는 고양이 커플을 만난 것은 제주의 어느 방파제에서였다. 까만 현무암으로 이루어진 방파제는 제주스러움이 가득 묻어났고, 방파제 사이사이에는 공간이 있어서 고양이들이 숨을 공간으로는 제격이었다. 카오스 고양이와 치즈 고양이는 두더지마냥 몸은 방파제 바위 사이에 숨기고 얼굴만 빼꼼 빼서 주변을 탐색했다. 낯선 내가 누군지 확인하려는 것 같았다.

한참이나 숨바꼭질 놀이를 하던 고양이들이 드디어 모습을 드러냈다. 긴장이 풀린 고양이들은 평소처럼 자연스럽게 행동했다. 가장 먼저 배가 고팠는지 방파제에 누군가 놓고 간 사료를 먹었다. 식후 '코 인사'도 잊지 않았다. 밥을 먹었으니 물도 챙겨 마셨다. 물을 마시고 난 뒤에는 박치기를 했다.

이 커플은 어찌나 극성인지 바로 옆에서 파도가 치는데도 아슬아슬하게 바위 위에 서서 코 인사를 나누었다. 사람으로 치면 10분마다 "보고 싶었어"라고 말하는 것과 비슷할 것이다. 언제 어디서 만나든 코 인사는 꼭 해야 한다고 손가락 걸고 약속했을 리도 없을 텐데 두 고양이의 애정행각에는 끝이 없었다.

아무것도 하지 않은 채 유유자적 함께 시간을 보내는 것도 사이 좋은 관계의 특징 중 하나다. 방파제 산책을 마친 뒤, 두 고양이는 편안한 자세로 누워 명상을 시작했다. 고양이들이 보고 있는 것이 구름 한 점 없는 고요한 하늘인지 등대인지 알 수 없었지만, 같은 방향을 바라보며 같은 풍경을 감상하고 있다는 걸 짐작할 수 있었다. 뒷모습이 너무나 애틋했기 때문이다.

두 고양이처럼 나도 어릴 땐 뭐든지 단짝 친구와 함께했던 기억이 난다. 등교할 때도 같이, 학급 청소 당번 일이 있는 날에는 끝날 때까지 기다리다가 같이 하교했다. 반드시 그렇게 해야 한다는 규칙 같은 건 없었지만, 사소한 것들마저 구태여 친구와 함께했다. 하지만 당연했던 일상들도 시간의 흐름 속에서 퇴색되어갔다. 시시콜콜 늘어놓던 수다는 사는 게 바쁘다는 이유로 점점 줄어들고, 기념일조차 얼굴을 마주하기 쉽지 않다. 늘 함께하던 때가 아득히 먼 과거처럼 느껴진다.

느긋한 성격의 소유자인 고양이들은 아무리 바빠도 코 인사는 잊어버리지 않는다. 마치 인사할 시간과 여유가 없는 묘생은 의미가 없다는 듯이. 고양이들은 사랑을 고이 담아두지 않는다. 딱히 정해진 특별한 날도 없거니와 편지나 기념선물을 주고받는 일도 없다. 대신에 그때그때 마음에 피어나는 솔직한 기분과 감정을 주고받는다. 사실 매 순간 표현하는 것보다 확실하게 진심을 전하는 법도 없지 않을까.

보면 볼수록 고양이는
타고난
사랑꾼 같다.

제주의 낮은 짧다. 해 질 무렵만 되어도 상점은 문을 닫고, 동네는 고요해진다. 어두컴컴해진 바닷가 마을에서 유일하게 반짝거리는 건 횟집 간판뿐. 참새가 방앗간을 그냥 지나칠 리 없는 것처럼, 회색 고양이 한 마리가 횟집 앞을 어슬렁거렸다.

"늘 먹던 걸로 주라냥."

횟집 주인은 회색 고양이에게 참치회 한 점을 던져주었다. 고양이는 참치회를 물고 구석으로 가서 먹는다. 잇따라 치즈색 고양이, 삼색 고양이가 찾아와 차례를 기다렸다. 횟집 주인은 기다렸다는 듯 고양이들에게 남은 횟감을 던져준다. 고양이들은 각자의 몫을 덥석 물고 횟집 앞 주차장에 주차된 차량 밑으로 들어갔다.

생선을 다 먹고 돌아오는 건 순식간이었다. 먹는 시간보다 내가 고양이를 기다리는 시간이 더 길었다. 고양이들은 아쉬운 마음

에 먹을 게 더 없나 하고 횟집 앞을 기웃거렸다. 하지만 횟집은 저녁 손님으로 붐벼 고양이들에게 신경 쓸 틈이 없어 보였다. 생선을 얻어먹을 다음 기회는 영업을 마친 후에나 찾아오지 않을까. 고양이들은 느긋하게 식후 기지개를 켜며 다음 기회를 노린다.

고양이들의 회 먹방을 보니 덩달아 나도 허기가 졌다. 슬슬 저녁을 먹으러 일어서야 한다. 제주를 여행하는 동안 고등어회를 꼭 먹어보고 싶었는데…. 하지만 맛집을 알아보느라 여기저기 헤매진 않아도 될 것 같다. 고양이들이 맛있게 회를 먹던 이곳이 바로 맛집일 테니까.

귤밭을 품은 제주도의 한 카페에는 고양이 삼 형제가 산다. 고양이는 시큼한 귤 냄새를 싫어할 걸로 생각했는데, 무엇이든 절대적인 건 없나 보다. 고양이들은 커피와 귤 향기가 뒤섞인 카페 정원을 자유자재로 누볐다.

이곳에는 동물 친구들이 많았다. 오리 가족은 줄을 맞춰 귤밭을 돌아다니면서 감귤과 잎사귀를 갉아 먹는 달팽이를 잡고 다녔다. 오리들이 열심히 일해준 덕분일까, 귤 맛은 그야말로 꿀맛이었다. 정원에는 귀여운 반려견도 있다. 카페가 개업할 때부터 함께한 고참인데, 서글서글한 인상으로 손님을 맞았다.

고양이들은 고양이답게 여유로웠다. 한 살 남짓 된 삼 형제에게 맡겨진 일이나 임무는 없었다. 그저 배고플 땐 먹고, 놀고 싶을 땐 신나게 놀았다. 그러다 피곤해지면 어디든 털썩 누워 실컷 휴식을 취했다. 고양이 무릉도원이 있다면 바로 여기가 아닐까.

폭신한 쿠션 위에서 쉬고 있던 삼색 고양이가 따분해졌는지 정원 대문 밖으로 나간다. 나머지 고양이들도 기다렸다는 듯 따라나선다. 고양이들의 놀이 시간이 시작된 것이다. 주차된 자동차 검사하기, 풀 뜯어 먹기, 돌담 한 바퀴 돌기…. 고양이들은 차례대로 영역을 순찰했다.

다음은 카페 정원으로 출동할 차례다. 의자 가죽을 원하는 만큼 실컷 긁어대고, 크리스마스트리의 장식물을 앙증맞은 솜방망이로 툭툭 건드린다. 의자가 망가지고 트리가 흔들려도 고양이들의 호기심 가득한 장난은 꾸짖을 수 없을 만큼 사랑스러웠다.

너무나 해맑아 보여 슬픈 사연 따위는 없을 것 같던 삼 형제에게도 가슴 아픈 이야기가 있었다. 삼 형제가 태어나기 전, 카페에서는 유기묘 한 마리를 돌보고 있었단다. 그 고양이가 새끼를 네 마리 낳으면서 고양이 가족이 갑자기 다섯으로 늘었고, 북적북적해진 공간만큼 카페에도 웃음이 가득했다. 그런데 몇 달 전 안타까운 사고가 일어났다. 어미 고양이와 막내 고양이가 한밤중 동네를 돌아다니는 개들에게 습격당해 죽고 만 것이다. 가까스로 목숨을 구한 삼 형제는 한동안 숨어 지내다가 카페로 돌아왔다.

제주에서는 목줄 없는 맹견들에 의한 개 물림 사고가 자주 일어나는 편이다. 사고를 방지하기 위해 과태료 부과 등 관련 법안이 강화되었다곤 하지만, 제주 여행 중 골목을 돌아다닐 때면 목줄 없는 개들이 무리 지어 다니는 모습이 심심치 않게 보였다.

카페 사장님은 비극적인 사건이 되풀이되지 않도록 민원을 넣고, 카페 내에 CCTV를 설치하고, 삼 형제를 위한 별도의 실내 공간을 마련하는 등 조치를 취했다. 남은 고양이들의 평온한 일상을 위해서다. 이제 카페 정원을 뚱땅뚱땅 헤집고 다니는 삼 형제를 볼 수 없는 것은 조금 아쉽지만, 그래도 다행이라는 마음이 더 크다. 카페라는 안전한 울타리 안에서 그 어느 때보다 안락한 묘생을 보내고 있을 테니까.

오늘도 냥풍당당!
길고양이들의 든든한 울타리가 되어 주는
사람들 덕분이다.

고양이를 찾아 떠난 여행에서 소박한 진리를 깨달을 때가 있다. 여행 중 머물던 숙소 근처 쓰레기장을 지나고 있을 때였다. 삼색 고양이 한 마리가 쓰레기장을 가로지르고 있었다. 혹시 배가 고파 쓰레기를 뒤지는 걸지 몰라서 잠시 걸음을 멈추고 지켜보았다. 하지만 쓰레기장엔 빈 페트병과 바람에 이리저리 나뒹구는 과자 봉지뿐. 안쓰럽게도 고양이가 아침밥으로 먹을 수 있는 거라곤 하나도 없어 보였다.

고양이는 쓰레기장을 한 바퀴 돌고 난 뒤 땅바닥에 털썩 누웠다. 배고파서 움직일 힘도 없는 것 같았다. 어수선한 쓰레기장 한가운데서 삼색 고양이는 한참을 멍하니 누워 있었다. 아무래도 이곳이 제 영역인 모양이었다. '쓰레기장에 산다니…' 서글퍼졌다. 쓰레기장은 언제부터 방치되었는지 몰라도 관리가 소홀한 탓에 너저분했고, 썰렁했다.

무거운 마음으로 가까이 다가가 참치 덩어리 하나를 주었다. 드디어 먹이를 찾았다는 기쁨에 고양이는 주저 없이 한달음에 달려왔다. 야무지게 살을 발라 먹고 나서 이제 내게는 볼일 없다며 쓰레기장 귀퉁이에 있는 바위 쪽으로 향했다. 아침 식사를 해결했으니 낮잠이라도 자러 가는 것 같았다.

이게 웬걸. 고양이를 따라가서 바라본 바위 뒤의 풍경은 전혀 다른 세상이었다. 바로 앞에 쓰레기장이 있다는 사실이 믿기지 않을 정도로 눈앞에 절경이 펼쳐져 있었다. 아침 햇살이 기분 좋게 내리쬐고, 먼 곳에서 산들바람이 불어와 키 높은 야자나무잎을 살랑살랑 흔들었다. 상쾌한 바람과 햇살에 기분 좋은지 고양이의 표정은 아까 전보다 한결 밝아졌다.

'뭐가 그리 신기하냥? 쓰레기장에도 볕은 든다냥.'

그 순간 삼색 고양이는 이렇게 말하는 듯했다. 남루해 보이는 공간에도 초라함만 가득한 건 아니라고, 단지 내가 그 너머의 아름다움을 보려 하지 않은 것뿐이라고. 바위 위의 고양이 앞에서 나의 편협한 생각은 단숨에 무너졌다.

사진을 찍으러 돌아다니다 보면 아프거나 배고픈 고양이를 필연적으로 만나게 된다. 구내염이 심해 씹지 못하는 고양이에겐 액체형 간식을 주고, 기록용 사진을 한 장 정도만 남긴다. 아픈 고양이를 보면 마음이 무거워져 사진을 찍기 힘들고, 배고픈 고양이는 일단 먹이고 본다.

한밤중에 고양이를 찾아 어슬렁거리고 있던 때였다. 배고픈 고양이 한 마리를 발견했다. 노란 고양이는 치킨집 근처에서 식빵을 구우며 남은 치킨을 기다리고 있었다. 겉은 멀쩡해도 배고픈 탓인지 눈빛이 울적했다.

닭가슴살을 꺼내 주자 안전거리를 유지하면서 허겁지겁 먹었다. 고양이는 식사를 마치고 혀로 입 주변을 쓱 닦았다. 그 순간, 먹기 전과는 비교할 수 없을 정도로 빛이 났다.

'이게 이 고양이의 본모습이 아닐까?'

길고양이를 잘 알지 못하던 때, 그들을 가여운 존재로 생각했던 적도 있었다. 그러나 이제는 안다. 고양이 자체는 본래 밝고 유쾌한 존재이지만, 현실의 고단함에 잠시 그 빛이 가려져 있던 것뿐이라고. 어떤 고양이든 쉬고 난 뒤에는 찌뿌둥한 몸을 풀기 위해 시원하게 기지개를 켜고, 먹고 나면 혀로 입을 닦고 그루밍을 한다. 여유를 찾은 고양이의 모습은 반짝반짝 눈부시다.

고양이 본연의 모습을 찾아주기 위한 첫 번째 단계는 배를 채워주는 것이다. 다음 날에도 노란 고양이가 생각나 좋아하던 간식을 들고 만나러 갔다. 앞으로 여유로운 삶을 살기 바란다는 뜻으로 전날 밤에 잘 먹던 닭가슴살을 여러 개 주었다. 노란 고양이는 맛있게 먹고는 나를 배웅하며 윙크를 던졌다.

"특별히 너한테만 보여주는 거다옹!"

고마움의 표시로 감춰둔 미소를 살짝 보여준 것일지도 모르겠다.

궁궐 고양이들의
영역 쟁탈전

고양이는 쾌적한 장소를 찾아다닌다. 기본적으로 자신의 영역 안에서만 생활하는 만큼 영역을 고르는 눈이 까다로운 편인데, 길고양이의 경우 주로 먹을 것이 풍부하고, 숨을 곳이 있는 안전한 곳을 선호한다. 하지만 모든 조건이 갖춰진 곳은 늘 인기가 많다.

궁에 사는 고양이들 대부분이 탐내는 영역은 정자다. 정자에는 늘 두세 마리 이상의 고양이가 상주하고 있는데, 대체로 삼색 무늬 고양이다.

두 해 전 가을, 정자 앞에 있는 궁석(활을 놓기 위해 돌을 쌓아 만든 받침대)에 앉은 삼색 고양이를 촬영하고 있을 때였다. 문득 뒤통수가 따가워 뒤돌아보니 앳된 턱시도 고양이가 정자 벽에 나 있는 동그란 구멍 사이로 얼굴을 빼꼼 빼고 있는 게 아닌가. 눈이 딱 마주친 순간 턱시도 고양이가 안으로 들어가 숨자 이번엔 회색 고양이가 뿅 하고 나타났다. 너 한 번, 나 한 번…. 어린 고양이들은 구멍을 통해 바깥을 보는 것에 재미가 들린 것 같았다.

당시에는 단순히 고양이들의 귀여운 숨바꼭질 놀이인 줄로만 알았지만, 이듬해 봄이 되어 찾아갔을 때 궁궐 고양이들의 속 사정을 알게 되었다. 구멍 속은 새끼고양이들의 은신처였다. 어미 고양이들은 새끼를 낳으면 안전한 장소에 새끼들을 옮겨놓는데, 궁에 사는 고양이들에게 정자만큼 적합한 곳이 없다. 그도 그럴 것이 현재 궁에는 고양이들을 위한 숨숨집이나 겨울집을 설치할 수 없는 상황인데, 정자의 작은 구멍은 새끼고양이만 겨우 통과할 수 있어 궁 안에서 이보다 안전한 곳은 드물기 때문이다. 필연적으로 궁에 사는 암컷 고양이들이 새끼를 낳으면 정자를 선점하려고 아옹다옹한다. 정자 주변에 삼색 고양이가 유난히 많은 것도 우연은 아니었다. 참고로 삼색 고양이는 거의 다 암컷이다.

어린 고양이에게 구멍 밖은 아직 위험한 세상. 궁의 집사들, 그러니까 궁에 사는 고양이들의 밥을 챙겨주는 분들은 어린 고양이들이 편히 밥을 먹을 수 있도록 구멍 앞쪽에 사료를 둔다고 했다. 그런데 어린 고양이들은 겁이 많아서 좀체 나오지 않고, 금세 허기가 진 성묘들이 얼굴을 들이밀어 먹으려고 시도한다. 안타깝게도 커져 버린 몸 때문에 매번 실패로 돌아가고 말지만.

정자가 수많은 고양이의 영역으로 선택받은 이유는 그저 숨기 좋기 때문만은 아니다. 여름에는 나무 그늘이 드리워져 시원하고 높은 지대에 위치해 경치가 좋아 정자를 찾는 관람객의 발길은 끊이지 않는다. 잠시 쉬러 왔다가 우연히 궁궐에 고양이가 산다는 걸 알게 된 일부 관람객들이 고양이들을 위해서 먹을 것을 챙겨오시기도 하는데, 그런 사람들을 기다리기라도 하는 모양인지 정자 주변에는 다른 곳에 비해 고양이들이 많았다.

궁의 고양이들이 영역을 고를 때 가장 우선시하는 것은 다름 아닌 '사람의 왕래가 얼마나 되는가'였다. 안전하고 쾌적하기만 해서는 먹고 살기 어려우니 말이다. 그들은 본능적으로 알고 있다. 사람 주변에 맴돌아야 잘 먹고 잘살 수 있다는 것을. 조선 시대 숙종의 반려묘였던 '금손이'도 임금님 곁에 머물며 귀한 고기반찬을 얻어먹었다고 하니 조상 고양이들의 지혜가 궁의 고양이들에게 대대손손 이어져 왔음이 분명하다.

어른 고양이는 입장 불가다냥!

궁에 머물던 옛사람들이 사라진 자리에
지금은 고양이들이 산다.

공원에서 사람을 두려워하지 않는 고양이들을 만났다. 고양이는 으레 몸동작이 큰 아이들을 부담스러워하기 마련인데, 이곳 고양이들은 달랐다. 아이들이 머리를 쓰다듬어 주니 사랑을 담은 손길에 익숙한 듯 눈을 스르륵 감는다. 과연 길고양이라고 부를 수 있을까 싶을 정도로 사람과 친숙했다.

아무리 사람을 좋아하는 성격이어도 고양이는 고양이. 사람들에게 둘러싸인 환경에 적응하며 사회성이 좋아졌을 뿐, 독립적인 본성은 변하지 않은 모양이다. 공원 한쪽에는 대나무 숲이 있었는데, 사람 응대에 지친 고양이들은 그곳에서 남몰래 혼자만의 시간을 보냈다. 숲이라고 말하기에는 턱없이 좁지만, 사람보다 훨씬 몸집이 작은 고양이에겐 대나무숲이라 불러도 손색이 없을 만한 곳이었다.

대나무숲에는 고양이가 몇 마리 더 있었다. 하나같이 멀찌감치 떨어져 침묵을 지켰다. 낯가림을 타는 고양이들은 좀 더 그늘진 쪽에 자리 잡았다. 숲 한가운데에는 익숙한 얼굴의 고양이 한 마리가 떡 하니 앉아 있었다. 조금 전 사람들 사이를 거침없이 누비던 고등어 고양이였다. 다시 만나 반갑다고 인사해 보았지만, 고등어 고양이는 과묵했다. 대나무숲에 들어오면 기분의 스위치가 자동으로 바뀌는 걸까.

"지금은 혼자 있고 싶다옹."

빽빽하게 들어선 대나무 사이를 비집고 들어온 은은한 햇살은 사색하기 좋은 분위기를 조성했다. 머리 위로 바람이 불면 대나무 잎사귀들이 부딪혀 세상의 소음이 묻혔다. 대나무숲에 바람이 불 때마다 "임금님 귀는 당나귀 귀!"라고 외치던 삼국유사의 복두장이 떠올랐다. 구슬처럼 반짝이는 고등어 고양이의 두 눈에도 혼자만 간직하고 싶은 비밀스러운 이야기가 담긴 것만 같다.

나도 가끔
혼자만의 시간이
필요하다냥!

처음 찾아간 동네에서 고양이와 만날 수 있는지는 전적으로 고양이 마음에 달렸다. 그들이 좋아하는 장소와 시간대를 맞춰서 운 좋게 마주친다고 해도, 나랑 어울릴지 말지는 고양이가 정하는 법. 그 마음에 들기란 무척 어려운 일이다.

북촌의 한 주택가 골목에서 까맣고 긴 꼬리를 발견했다. 꼬리의 주인은 다름 아닌 까망이. 내 발소리를 듣고서 제 몸 크기만 한 화분 뒤에서 슬그머니 나왔다. 까망이는 경계심 가득한 눈으로 나를 지그시 쳐다보았다. 고양이에게 심사를 당할 때 너무 긴장할 필요는 없다. 으레 있는 '괜찮은 사람 테스트'니까. 다행히 굳이 자리를 뜰 필요는 없다고 판단했는지 내가 준 간식을 먹었다.

어디선가 낯선 고양이의 기척이 느껴져 올려다보니, 샛노란 고양이가 지붕 위에서 고개를 내밀어 우리를 보고 있었다. 내려갈까 말까 고민하는 듯했지만, 까망이는 먹기 바빠 대답이 없다. 원래 상대방이 대꾸가 없으면 더 궁금해지지 않는가. 노랑이는 지붕 아래로 내려오더니 까망이 얼굴에 코를 갖다 댄다. 무얼 먹었는지 냄새를 맡으며 정보를 교환하는 것이다. 하지만 내 기대와 달리 노랑이는 "흠… 이 냄새는 내 취향이 아니야!" 하듯 획 돌아섰다. 절친인 까망이 입맛에 맞았다고 노랑이도 좋아할 거라 생각한 건 오산이었다.

그 순간 남자아이가 나무 대문을 열고 나왔다. 고양이들이 놀러 온 걸 알고 물을 떠 왔다. 도시에서는 딱히 물을 먹을 곳도 없으니 목마를까 걱정된 모양이다. 하지만 노랑이는 그 마음을 아는지 모르는지 지붕 위로 우당탕 뛰어올라 당분간 내려올 기미가 보이지 않는다.

"이젠 날 찾지 말라옹!"

노랑이에게 필요한 건 간식도, 물도 아닌 곤히 낮잠 잘 수 있는 지붕과 한 조각 햇볕이었나 보다. 끔뻑끔뻑 조는 노랑이를 보니 슬슬 골목을 떠날 때가 되었다. 다음에 올 때는 노랑이도 함께 어울려 주길 바라면서.

고양이 따라
동네 한 바퀴

12.

때때로 낯선 동네에서 고양이가 길을 안내해 주는 색다른 경험을 하게 된다. 고즈넉한 정취가 가득한 한옥마을 골목에서 만난 수고양이 복휘도 그런 '안내원 고양이'였다.

초저녁 무렵, 복휘는 한옥마을을 어슬렁거리고 있었다. 하릴없이 여유를 부리는 것처럼 보이지만, 나름대로 진지하게 영역을 순찰 중이었다. 간식 봉투를 바스락거리며 흔들어 보니 순찰을 멈추고 다가왔다. 스멀스멀 올라오는 고소한 냄새를 맡은 모양이다.

복휘가 선 자리 뒤편으로 한옥마을이 보였다. 나지막한 한옥들이 지붕을 맞댄 풍경과 고양이가 아름다웠다. 이 순간을 사진으로 남기면 좋을 텐데…. 얼른 간식 봉투를 내려놓고 카메라를 들어 셔터를 눌렀다.

그러자 복휘는 시큰둥해졌다. 고소한 냄새를 잔뜩 풍기며 기대하게 만들더니, 사진 찍는 데 정신이 팔려 바로 간식을 대령하지 않았다고 언짢아진 모양이다. 설상가상으로 자동차들이 나타나 조화롭던 풍경을 가리기 시작했다. 차가 지나가길 기다리며 우물쭈물하는 사이, 복휘는 발걸음을 돌려 원래 가려던 길로 가려 했다.

언제 다시 만날지도 모르는데 이대로 놓칠 수는 없었다. 성큼성큼 뒤를 쫓았더니 복휘가 "지금 미행하는 거냐옹?" 하고 묻듯이 샐쭉한 얼굴로 바라봤다. 아차 싶었다. 부담스럽지 않게 조심스레 다가가야 했는데, 마음이 급해져 너무 성급했다.

복휘는 잰걸음으로 골목길을 누볐다. 잠시 후 다다른 곳은 분꽃이 예쁘게 핀 집 앞이었다. 그곳이 자기 집인 양 복휘는 네 발을 쭉 뻗고 드러누웠다.

마음에 찔리는 구석이 있어 그런지, '먹을 거나 주고 가지 그러냐' 하는 듯한 복휘의 속마음이 느껴지는 것 같았다. 얼른 가방 앞 주머니에서 고양이용 참치를 꺼내 주었더니, 냉큼 물고선 그리 멀지 않은 주차장으로 향했다. 한옥과 빌라 사이에 있는 작은 주차장이었다.

고양이 사진으로 유명한 사진가 이와고 미츠아키의 책 《고양이를 찍다》를 보면 "수고양이를 따라가면 동료 고양이를 소개해주기도 한다"던데, 정말 한옥 담장 위에서 삼색 고양이 삼순이가 낮잠을 자고 있었다. 고소한 냄새를 맡은 삼색 고양이는 기지개를 켜고 내려왔다. 하지만 한발 늦었다. 복휘는 나눠 먹기 싫었는지 주차장 구석에서 재빨리 참치를 먹어 치우고 돌아왔다.

고양이의 발걸음이 멈추는 곳에선 언제나 좋은 일이 일어난다. 좋은 일이 일어나는 곳에 고양이들의 발이 멈춘다는 게 더 정확할지도 모르겠다. 그날 복휘 덕분에 길가에 핀 들꽃을 들여다보고, 삼순이라는 고양이 친구도 만났다. 우연히 상냥한 사람들을 만나는 것도 길고양이 사진 찍기의 묘미다. 길을 걷다 마주친 고양이를 한번쯤 따라가 보는 것은 어떨까. 고양이를 따라간 종착지에는 예상치 못한 즐거움이 기다리고 있을 테니까.

길고양이와
친구가 되는 공원

13.

44

산자락에 있는 이 공원은 고양이 명소였다. 먹을 것을 챙겨주는 것은 물론, 강아지풀을 흔들며 함께 놀아주는 사람도 심심치 않게 보였다. 이곳을 찾는 사람들이 고양이들에게 이토록 호의적인 이유는 무엇일까. 어쩌면 답답한 일상을 벗어나 숨을 고르러 온 곳이기 때문일지도 모르겠다.

공원까지 가려면 숨이 턱까지 차오를 만큼 수많은 계단을 타고 언덕을 올라야 한다. 고층 건물에 가려져 비좁게만 보이던 하늘이 탁 트일 때쯤, 고양이들이 하나둘 보이기 시작한다. 사람 사는 곳 어디든 고양이는 있지만, 여유를 찾아온 공원에서 고양이를 마주치면 어쩐지 색다른 기분이 든다. 마음에 여유가 생기면 보이지 않던 것들이 차츰 보이기 시작하는 법이다. 고양이도 예외는 아니다.

수많은 애묘인 틈에서 유독 고양이들과 친밀해 보이는 사람이 눈에 띄었다. 혹시 이 동네 캣대디인가 하여 조심스레 말을 걸어보았다. 그는 자신을 '한시적 캣대디'라고 소개했다. 한시적이라는 수식어를 붙인 까닭은, 코로나로 인한 재택근무가 종료되면 지금처럼 자주 고양이를 보러 올 수 없기 때문이란다.

'고알못'이던 캣대디가 고양이와 가까워질 수 있었던 건 넉살 좋은 동네 고양이들 덕분이었다. 보통 길고양이들은 마주치면 후다닥 숨어 버리지만, 이곳에서는 '안녕'하고 고양이들에게 눈인사를 건네는 것만으로도 친구가 될 수 있다. 치즈 고양이 달래는 캣대디와 가장 친해서 무릎냥이 자세도 서슴지 않고 취해 준다. 달래가 처음부터 무릎에 올라온 것은 아니었다. 캣대디한테는 고양이들과 급격히 친해진 계기가 있었다. 고등어 고양이인 '사월이'는 비가 갑작스럽게 쏟아지던 어느 날 우산을 내주었을 때, '달래'는 목이 말라보이길래 혹시나 해서 물을 주었더니 마음을 열었다고 했다.

　　고양이와 사람은 서로 언어가 달라서 소통할 수 없다는 건 편견 인지도 모른다. 진심을 담은 작은 손길 하나에도 마음을 열어주니까.

여유로운 사람들 속 느긋한 고양이.

나랑 같이 야경 감상하시겠냐옹?

겨울에 고양이를 찾으러 돌아다닐 때는 지붕 위를 유심히 보고 다닌다. 한낮의 햇볕에 달궈진 지붕 위는 고양이들이 추위를 피하기 안성맞춤이다. 더욱이 지붕에 있으면 사람 눈에도 잘 띄지 않는데다, 동네를 한눈에 관망할 수 있으니 안전하기까지 하다. 고양이 입장에서 보면 천혜의 요지인 셈이다.

본격적인 추위가 막 시작된 초겨울, 한옥 지붕에 터를 잡고 사는 고양이 가족을 발견했다. 빛바랜 지붕 위에는 새끼고양이들이 어미 품에 꼭 달라붙어 온기를 나누고 있었다. 기껏해야 생후 2, 3개월쯤 되어 보였다. 나는 롱패딩에 장갑까지 끼고 왔건만, 작디작아 솜털 같은 네 마리 고양이들은 엄마 품에서 추위도 잊은 양 씩씩했다.

새끼고양이들은 내가 어떤 사람인지 궁금한 듯 지붕에서 내려, 아니 올라왔다. 내가 서 있는 계단은 고양이들이 사는 지붕보다 지대가 높아 지붕이 내려다보이는 구조였다. 계단과 지붕 사이에는 오래되어 녹슨 철제 울타리가 있었는데, 고양이들은 필요에 따라 계단과 지붕 사이를 넘나들었다.

잠시 후, 웅성웅성 소리를 내며 한 무리의 외국인들이 계단을 올라왔다. 계단 옆 스테이크 덮밥집에 식사하러 온 것이다. 한 남자아이가 고양이들에게 관심을 보이더니 스테이크 덮밥을 포장 용기에 담아왔다. 고양이들이 배가 고플까 봐 가져온 모양이었다.

삼색 고양이와 검은 고양이는 스테이크 냄새를 맡고 쪼르르 달려갔다. 아이는 젓가락으로 고양이들에게 공평하게 한 점씩 고기를 나누어 주었다. 고양이들은 전에도 손님들이 주는 스테이크를 몇 번 먹어본 적 있는지 능숙하게 뜯어 먹었다. 사람 입맛에 맞게 간을 한 음식은 고양이에게 좋지 않지만, 고양이를 키우는 사람이 아니라면 그걸 몰랐을 터였다. 누구나 처음은 서툴기 마련이니, 배고픔을 달래 주려는 아이의 마음만은 기특했다.

워낙 대가족이라 고기는 금세 사라지고 쌀밥만 남았다. 어미 고양이는 새끼에게 양보하느라 스테이크를 한 점도 먹지 못했지만, 마음만은 배불러 보였다. 턱시도 고양이도 멀리서 냄새를 맡고 뒤늦게 지붕 두 개를 성큼성큼 건너왔건만 아쉽게도 스테이크 먹방은 이미 끝난 뒤였다. 이제는 내가 나설 때인가. 울타리 틈에 손을 뻗어 준비해 온 사료를 지붕 위로 뿌려주었다.

하지만 턱시도 고양이는 사료 냄새만 맡고 입에 대지 않았다. "스테이크가 아니면 먹지 않겠다옹!" 하는 마음일까? 대신 아직 배가 덜 찬 새끼고양이들이 우르르 몰려와 사료를 먹었다. 어미 고양이도 이번만은 경계를 풀고 다가와 함께 먹었다. 가족이 한데 모여 밥 먹는 모습을 보니 한결 마음이 가벼워졌다. 지붕 위 고양이들이 겨울을 무사히 넘기길 바라며 계단을 내려왔다.

"맛있는 간식 또 먹게 해 주세요!"

한겨울 공연이 없는 야외 무대는 '묘르신'들의 경로당이 된다. 묘르신이란 나이 든 고양이들을 공경하여 일컫는 말이다. 이곳에 노묘들이 많은 이유가 있다. 공연장 측에서 급식소 운영을 허락하고, TNR 사업에도 적극적으로 협조하기 때문이다. 고양이들이 중성화 수술을 받지 않으면 매년 수많은 고양이가 태어나 아깽이 천국이 되고, 힘없는 묘르신들은 영역에서 밀려나고 말 것이다. 경로당의 단골손님들을 소개해 본다.

삼색 고양이 할머니들

털이 푸석푸석한 두 삼색 고양이가 중앙광장을 돌아다녔다. 이렇게 한눈에도 나이가 많아 보이는 길고양이들을 가끔 만난다. 그루밍을 적절히 하지 못해 털이 푸석하고 뭉쳐 있으면 웬만큼 나이를 먹었겠구나 하고 짐작한다. 외모가 상당히 비슷한 것으로 보아 가족이 틀림없었다. 겉모습만큼 행동도 무척 닮았는데, 둘의 시선은 같은 곳을 향했고 누가 먼저랄 것도 없이 한 마리가 눈을 감으면 다른 한 마리도 눈을 감았다. 잠깐이었지만, 두 고양이가 오랜 시간 의지하며 살아왔음을 알 수 있었다.

야외 무대 묘르신들

나이가 지긋이 들어 보이는 노랑이가 식빵을 구우며 일광욕을 하고 있었다. 새까만 털에 윤기가 흐르는 고양이가 노랑이에게 다

가와 안부를 묻는다. 까망이는 경로당에서 가장 막내 같다. 뱃살, 아니 원시 주머니가 축 처진 고등어 고양이도 잇따라 야외무대에 도착했다.

　사람이 나이를 들면 나잇살이 생기듯, 고양이들도 배 주변에 있는 원시 주머니가 늘어진다. 고등어 고양이는 고양이들에게 코 인사를 하며 안부를 묻고 나서, 나무 계단 위에 자리를 잡았다. 연장자

우선인지 노랑이는 볕이 가장 잘 드는 계단 맨 꼭대기에 앉았다.

멀지도 가깝지도 않은 듯 적당한 거리를 두고 고양이들은 대화를 나누는 것처럼 보였다. 눈은 감았고 아무 움직임도 없다. 그런데 기척만으로도 텔레파시가 통한다고 해야 할까. 사람의 눈과 귀로는 알 수 없는 방식으로 이야기가 오가는 것 같았다.

고양이들을 찬찬히 바라보며 그들의 젊은 날은 어땠을까 상상했다. 세상에 대해 아무것도 몰라 엄마 뒤를 아장아장 쫓아다니던 시절이, 형제들과 정신없이 뛰어다니며 놀던 날이 그들에게도 있었을 것이다.

사람보다 빠른 속도로 늙어가는 고양이들. 그들을 보며 늙어감에 대해 다시 생각하게 되었다. 지금껏 나는 나이 드는 일을 쓸쓸하다고만 생각해왔다. 그런데 어찌 보면 늙었다는 것은 한때 젊었다는 증거가 아닌가. 묘생이라는 시간이 쌓이는 동안 고양이들은 수없는 시련과 풍파를 견뎌왔을 테고, 때론 아름다운 것을 보고 들으며 행복했던 때도 있었을 것이다. 그 모든 날이 묘르신의 온화한 표정에 묻어있는 것만 같았다. 나이 든 고양이들을 보며 잠시나마 측은함을 느낀 게 미안해지면서, 길 위에서 오랜 시간 버텨온 그들에게 경외심을 느꼈다.

묘르신, 오늘 날씨가 참 좋습니다냥.

못 뵌 동안 잘 지내셨습니까냥?

'까맹이'는 슈퍼마켓을 지키는 고양이다. 일 년 365일 검은 턱시도를 멀끔히 차려입고 매일 아침 슈퍼 앞으로 출근 도장을 찍는다. 근속 기간만 3년. 정시출근은 물론이고 농땡이를 피우는 일도 없다. 지정석인 골판지 박스에 앉아 손님을 맞이하는 것이 그의 역할. 비록 눈을 감고 요지부동 식빵을 굽고 있어도, 발소리만으로도 어떤 손님이 왔는지 파악한다. 이렇게나 착실한 고양이 아르바이트생이라니, 볼수록 탐이 난다.

길고양이가 어쩌다 이곳에 정착하게 된 건지 슈퍼마켓 주인아저씨께 여쭈어 보았다. 까맹이도 한때 여느 길고양이들처럼 자유로운 영혼이었다. 매일 동네 고양이들과 싸우고 다니고 친구도 없었다.

'나이도 많은데 잠은 어디서 자는지, 밥은 잘 먹고 다니는지…'

상처 입은 까맹이가 동네를 배회하는 모습을 본 사장님은 걱정도 되고 마음이 짠했다. 결국, 까맹이를 유혹해 점원으로 채용하기로 결심했다.

까맹이는 쉽게 정을 주지 않았다. 2년 내내 가끔 가게에 들러 밥만 먹는 정도였다. '그래, 떠돌이가 한곳에 머무를 리 없지' 하고 단념하려 할 때쯤, 드디어 마음의 문을 열었다. 그리고 슈퍼마켓 앞에 머무르는 시간이 조금씩 늘어났다.

어렵게 스카우트한 만큼 까맹이에 대한 아저씨의 애정 또한 남달랐다. 편히 쉴 수 있도록 골판지 방석을 주기적으로 바꿔주고, 겨울에는 가게 안에서 난로를 쬐도록 해 준다. 주변 고양이들도 탐낼 '꿀 직장'이었다.

동네 턱시도 무늬 고양이가 얼마 전부터 "아르바이트 자리 남는 거 없냐옹?" 하듯 주변을 어슬렁거린다고 한다. 까맹이처럼 턱시도를 멀끔히 갖춰 입고 찾아온 것이, 아무래도 후임 자리를 노리는 듯했다. 하지만 열 살이 훌쩍 넘은 나이에도 여전히 건재한 까맹이는 일자리를 물려줄 생각이 없어 보였다. 묘생 후반부에 정 많은 아저씨와 연이 닿아 슈퍼마켓을 평생 직장 삼은 까맹이. 내일도 턱시도를 멋지게 차려입고 같은 자리로 출근할 것이다.

고양이를 찾아 동네를 헤매다, 우연히 창고형 가게 앞에서 고양이 가족을 만났다. 새끼들은 모두 어미를 닮아 턱시도 무늬였다. 구별되지 않는 외모 탓에 누가 누군지도 잘 모른 채 사진을 정신없이 찍고 있을 때였다. 가게에서 누군가 터벅터벅 걸어 나오는 소리가 들렸다. 늘 겪는 일이지만 이럴 땐 여전히 긴장된다. 혹여나 고양이를 싫어하는 사람은 아닐까 해서다.

"제가 돌보는 고양이들이에요."

그 말에 안도의 한숨을 쉬었다. 말을 건 사람은 가게 직원인데, 고양이들의 밥을 챙겨주는 것은 물론 아프면 병원에도 데려간다고 했다. 과연 어린 고양이들은 지속적인 보살핌을 받아서인지 천진난만했고, 어미 고양이는 근심 걱정이 없어 보였다.

50대 정도로 보이는 남자 사장님이 잇따라 가게에서 나왔다. 가볍게 목례를 건넸더니, 대뜸 고양이를 좋아하느냐고 물었다. 길고양이 사진을 찍는 사람이라고 소개하니 "나는 고양이 싫어해요"라는 대답이 돌아왔다. 단호한 어조에 말문이 턱 막혔다. 고양이를 싫어하는데 가게 앞에서 밥도 주고, 창고까지 내준다니. 매일같이 가게 앞을 돌아다니는 고양이들을 봐도 도무지 정이 가지 않는다고 했다. 고양이에게 이름을 붙여주는 일은 당연히 없고, 눈길은 더더욱 주지 않는다.

"난 고양이 싫어하는데, 우리 가게 직원이 좋아해서 그냥 두는 거예요."

무언가를 싫어한다는 말이 위협적으로 들리지 않은 건 처음이었다. 고양이가 싫다는 말을 들으면 가장 먼저 떠오르는 이미지는 '저리 가!' 하고 윽박지르며 발을 굴러 고양이를 쫓는 장면이었다. 실제로 몇 번이나 그런 광경을 봐 왔다.

그런데 그는 단지 주변 사람이 고양이를 좋아한다는 이유로 공간을 고양이들에게 내어 준다. 싫기는 하지만 쫓아내지는 않겠다는 무덤덤한 공존의 방식이, 마음을 따뜻하게 한다.

쌀쌀한 밤바람이 부는 초저녁, 재래시장 상점들이 하나둘 문을 닫으면, 인적 드문 밤의 시장은 고양이들 세상이 된다.

시장 한쪽에서는 고양이 대여섯 마리가 주황 불빛 아래 옹기종기 모여 저녁 식사 시간을 보내고 있었다. 먹어도 먹어도 반자동 급식기에서 끊임없이 나오는 사료와 물, 그리고 한입 크기로 손질된 횟감까지… 고양이들이 어디서 장을 봐 왔나 싶을 정도로 먹을거리가 풍족했다. 가끔은 밥만 후딱 먹고 사라지는 고양이 손님도 보였다.

배불리 저녁을 먹은 고양이들은 각자만의 시간을 보냈다. 휴식이 필요한 고양이는 빈 플라스틱 바구니에 들어가 쉬고, 놀고 싶은 고양이들은 시장 상인 아저씨와 사냥놀이를 했다.

딸랑딸랑, 방울 소리를 따라 고양이들은 얼굴을 좌우로 움직였다. 아저씨는 자신을 고양이들의 '놀이 담당'이라고 소개했다. 고양이들은 아저씨가 요리조리 흔드는 깃털 낚싯대 장난감을 잡을 타이밍을 노리며 플라스틱 통에 숨기도 하고, 텅 빈 시장을 전속력으로 가로지르며 달리기 실력을 과시했다.

화장실이 가고 싶을 때면 흙을 찾아 시장 밖으로 나갈 필요가 없었다. 구석에는 벤토나이트 모래가 가득 담긴 고양이 전용 화장실이 놓여 있었다. 누군가 부지런히 청소하는지 깨끗했고, 화장실도 몇 개나 있어서 대기 시간 없이 이용할 수 있었다.

놀이 담당 아저씨의 말에 의하면 급식소를 설치한 사람이 전반적인 관리를 한다고 한다. 생선가게 주인은 팔다 남은 물고기를 고양이들 몫으로 챙겨놓고, 각양각색 그릇에 담긴 간식들은 고양이를 좋아하는 사람들이 오며 가며 놓고 간 것들이다.

"반달이 어디 있니?"

상인들은 퇴근하며 시장 고양이들이 잘 있는지 확인했다. 하나하나 이름을 부르며 고양이들 얼굴을 확인한 뒤 가벼운 마음으로 돌아가는 게 일상처럼 보였다.

고양이들을 위한 것이라면 없는 게 없는 이 시장은, 고양이를 아끼는 사람들의 마음이 하나둘 모여 완성된 소박한 파라다이스였다. 이 모든 풍경이 하루아침에 이루어졌을 리는 없다. 얼마나 숱한 어려움 끝에 완성되었을까. 상인들의 따뜻한 눈길을 받으며 시장을 마음껏 뛰어다니는 고양이들을 바라보며 상상했다. 이곳을 고양이 천국으로 꾸려온 사람들의 부단한 노력과 땀을.

19.　　　궁궐 고양이들의 숨은 명당

조선 19대 임금 숙종은 고양이 집사였다. 털빛이 노란 고양이여서 이름도 금손이라 지어주었다. 숙종은 태어나자마자 어미를 잃은 금손이를 지극정성으로 돌봤다. 당대 김시민이 쓴 <금묘가>에는 금손이를 향한 숙종의 애정이 잘 나타나 있다.

궁중에 황금빛 고양이 있었으니

임금께서 사랑하시어 아름다운 이름 지어주셨네

금묘야, 하고 부르면 문득 나타나니

눈 깜짝할 사이에 말 알아듣는 듯

기린 공작도 오히려 멀리하셨건만

금묘는 홀로 임금 곁에서 좋은 음식 먹으며 자랐네.

(중략) - 김시민 <금묘가> 中

숙종의 은덕이 대대로 고양이들에게 전해지
는지 여전히 궁에는 고양이가 산다. 이곳은 서울
의 4대 궁 중에서도 길고양이들에게 명당으로 소
문난 곳이다. 다른 궁은 문화재가 빽빽이 즐비하
여 숨을 곳이 부족한데, 이곳은 숲이 우거져 고양

이들이 살기 적합했다. 이곳을 더욱 고양이가 살기 좋은 곳으로 만드는 건 애묘인들이다. 근처 회사원, 할머니 할아버지, 외국인 관람객까지…. 고양이를 좋아하는 사람들이 참 많이도 찾아온다.

연못을 지나 나무로 둘러싸인 전각을 가면 실패 없이 고양이를 만날 수 있다. 기분 좋은 바람이 솔솔 부는 전각 위는 고양이들의 휴식공간이다. 폭신폭신한 앞발을 턱 밑에 괴어 팔베개까지 하면 낮잠 준비 완료. 소음을 싫어하는 고양이지만, 사람들의 대화 소리가 나긋나긋한 자장가처럼 들리는지 인기척을 아랑곳하지 않고 곤히 잠든다.

집사의 등장은 잠자던 고양이들의 귀를 쫑긋하게 만든다. 보통 길고양를 돌보는 사람을 '캣맘'이라고 부르지만, 궁이라는 장소의 특수성 때문인지 한자어인 '집사'라는 호칭이 더 잘 어울리는 것 같다. 집사가 오면 흩어져 있던 고양이들이 일제히 모인다. 궁에는 고양이 급식소가 설치되어 있지 않아 밥을 먹는 시간이 제한되어 있다. 집사의 발소리가 유난히 반가운 이유다.

집사는 고양이들을 위한 다양한 업무를 한다. 봄에 태어난 아깽이들의 입양 문제를 고민하는 것도, 중성화 수술은 어떻게 할지 결정하는 것도 모두 집사의 일이다. 또 하나, 숨겨진 역할이 있는데 어디서도 들을 수 없는 고양이들의 역사를 기억하고 사람들에게 전한다는 것이다. 집사는 고양이들 간의 관계부터 재미있는 일화까지 모든 걸 알고 있다. 생생한 이야기를 듣고 나면 고양이들과 더

가까워진 기분이다.

코로나19 확산 여파로 궁이 일시 폐쇄되었을 때도 집사의 업무는 계속되었다. 갑자기 궁궐 문이 닫히자, 집사들은 고양이들 걱정에 발을 동동 굴렀다. 밥을 기다릴 고양이들은 물론, 봄에 태어난 아깽이들을 생각하면 근심이 이만저만 아니었을 것이다. 궁 관리사무소에 고양이들의 안부를 묻는 전화가 걸려오고, 고양이 사료도 배달되었다고 한다. 그 후에 원래부터 밥을 주던 집사 몇몇이 관리사무소의 허가를 받고 궁 출입이 가능해졌다.

다행히 역대급 위기는 큰 탈 없이 마무리되었다. 오랜만에 만난 고양이들은 힘든 시기를 보낸 게 맞나 싶을 정도로 여전히 명랑했다. 숙종이 금손이에게 그랬듯 마음을 다해 고양이들을 지킨 집사들 덕분이었다. 바쁜 일상 속에서도 고양이를 잊지 않고 시간을 쪼개 챙겨주는 사람들. 집사들이 곁에 있기에 궁궐 고양이들은 오늘도 평온한 낮잠을 청했을 것이다.

궁궐 냥이라서 행복하다옹!

고양이마다 사람과의 거리감은 제각각이다. 낯선 사람을 포착하자마자 잽싸게 도망가는 고양이, 저만치 멀리서만 바라보는 조심스러운 고양이, 때로는 먼저 다가와서 궁디팡팡을 요구할 정도로 붙임성 좋은 고양이도 있다. 그들과의 적당한 거리감은 어느 정도일까.

대체로 나이 많은 수고양이들이 사람과 적절한 거리를 둘 줄 아는 것 같다. 홍제동 담벼락에서 만난 치즈 고양이가 바로 그런 고양이였다. 치즈 고양이는 담벼락 위에서 식빵을 구우며 내가 다가가자 곧바로 신상 파악에 들어갔다. 고양이와의 첫 만남은 대단히 중요한 법이라서, 멀리서부터 안전한 인간임을 드러내기 위해 애써 간식 봉투 소리도 내어보고, 냄새를 풍겨보았다.

가까이서 보니 나이가 꽤 지긋한 고양이였다. 단번에 나이를 가늠할 수 있었던 건 턱살 때문이었다. 수고양이들은 호르몬의 영향으로 점점 턱살이 늘어난다. 꿰뚫어 보는 듯하면서도 인자한 눈빛에서는 묘생의 노련함이 느껴졌다. 아마 어느 정도 사람과 교류를 하는 게 분명하다.

담벼락에 간식을 놓고 뒤로 물러서자 치즈 고양이가 기다렸다는 듯 다가와서 먹는다. 최소한 위험한 인간이라는 타이틀은 면한 것 같다. 2미터, 1미터…. 조금 더 가까이 다가가 본다. 하지만, 갑작스레 훅 좁혀진 거리에 당황스러웠던 걸까. 경계심이 발동한 치즈 고양이는 담장 아래로 달아났다. 사실 첫 만남에 이 정도로 다가갈 수 있는 고양이도 드물다. 조금 더 시간이 있었거나, 언제든 만날 수 있는 동네 고양이였다면 친해지는 것은 시간문제였을 것이다.

'길고양이들이 더도 말고 이 정도 거리를 둔다면 좋을 텐데…'

사람과 전혀 교류가 없는 고양이들은 먹을 것은 물론이고, 위급한 때조차 도움의 손길을 받지 못하고 숨어버린다. 당장 느끼는 배고픔이나 아픔보다 인간에 대한 두려움이 큰 것이다. 하지만 사실 길고양이들도 내심 사람과 친해지고 싶어 한다. 적당한 거리를 두고 기다리면 그들은 언제 숨었냐는 듯 호기심 어린 눈빛으로 나를 바라보곤 했다. 길고양이들이 경계하고 피하는 것은 사람이 미워서가 아니었다. 그저 어쩔 줄 몰라 망설인 것일 뿐이었다.

길고양이들은 우리가 먼저 손 내밀어주기를 기다린다. 그저 곁을 내주기만 해도 상황은 나아질지 모른다. 마음 편히 머물 수 있는 곳이 늘어나 숨을 필요가 없어졌을 때, 고양이들은 용기 내어 우리에게 다가오지 않을까.

오해가 깊은 만큼 시간이 걸릴지도 모른다. 하지만 변화는 느리지만 확실하게 곳곳에서 일어나고 있다. 우리 집으로 온 뽀또도 길고양이 시절 내게 마음을 열기까지는 반년이라는 시간이 필요했다. 한 사람 또 한 사람이 길고양이와 눈을 맞추는 날들을 쌓아나가다 보면, 어느새 사람과 고양이는 눈에 띄게 가까워져 있을 것이다.

고양이들은 시도 때도 없이 싸운다. 누군가 엎치락뒤치락 싸우는 걸 보면 말리는 것이 당연하겠지만, 고양이 싸움은 걱정은커녕 구경꾼의 마음으로 즐길 수 있다. 고양이들은 싸우며 놀고 있기 때문이다. 즐길 줄 아는 그들은 진정한 싸움의 고수다.

규칙이 있고 매너가 있다는 점에서 그들의 싸움은 마치 스포츠 경기 같다. 싸움 놀이를 할 때 고양이들은 나름의 선을 지킨다. 가장 중요한 것은 절대 발톱을 세우지 않는 것. 만약 실수로라도 발톱을 세운다면 놀이는 끝난다.

또 공격은 주거니 받거니 해야 한다. 한쪽만 공격한다면 그건 놀이가 아니다. 이 모든 것은 어릴 적부터 형제들과 놀면서 자연스럽게 알게 되는 규칙이다. 안전하다는 것을 알기에 싸울 때의 진지한 표정과 기상천외한 동작도 마음 놓고 지켜볼 수 있다.

사람에게도 고양이처럼 싸움의 룰이 있다면 어떨까. 문득 날카로운 말로 주변 사람에게 상처를 입힌 지난날이 떠오른다. 솜방망이로 한 대 툭 치듯 경고 정도만 주면 될 일에도 왜 그리 심각했던걸까. 지나간 일을 되돌릴 순 없겠지만, 이제는 고양이처럼 적절한 선을 지켜야겠다는 생각이 든다.

지난겨울 만났던 삼청동 지붕 위 고양이 가족을 4월에 다시 찾아갔다. 언제나 사람들로 북적이던 거리는 코로나19 여파로 한산했다. 아깽이들은 무사히 겨울을 났을까. 사람의 발길이 끊긴 골목처럼 고양이들도 잊히지는 않았을지 걱정스러웠다.

익숙한 계단을 오르려던 그때, 낯익은 삼색 고양이가 몸을 웅크린 채 계단 위에 앉아 있었다. 지난번에 본 아깽이 중 한 마리였다. 낯선 발걸음 소리에 웬 사람인가 하고 놀란 삼색이는 재빨리 계단 위로 뛰어 달아났다. 다른 음식점과 마찬가지로 스테이크 집도 문을 닫은 상태였다. 불 꺼진 식당 앞에는 오래된 빈 캔 몇 개만이 방치되어 있었다.

점심이라도 대접하고자 간식 봉투를 뜯자, 지붕 위에서 은신하고 있던 삼색이가 기척도 없이 다가왔다. 형제 턱시도와 까망이도 차례대로 등장했다. 무리 중 한 마리의 마음을 얻으면 동료 고양이들도 경계심을 내려놓기 마련이다. 처음 만났을 때 꾀죄죄한 모습에 걱정이 되었던 노랑이도 무사했다. 사 형제 모두 그간 건강하게 잘 지낸 모양이었다. 몸집으로 봐서는 5개월쯤 되었을까. 쑥쑥 자랄 때인 만큼 식욕이 왕성한 고양이들은 한입이라도 더 많이 먹으려고 속도를 올렸다.

한창 뛰놀 시기인 어린 고양이들은 호기심 또한 왕성했다. 어느 정도 배가 찼는지 노랑이가 한껏 여유를 부렸다. 봄꽃이 핀 화분에 호기심을 갖더니 코를 박고 냄새를 맡았다. 무언가 이상한 냄새

라도 나는지 심각한 표정을 짓다가 양쪽 귀를 납작 눕혔다. 고양이가 귀를 뒤로 눕히는 건 무언가에 대단히 집중했다는 의미다.

'재미있는 광경을 놓칠 수 없지' 하고 생각한 삼색이도 얼른 다가와 노랑이 옆에서 쳐다본다. '저렇게 뚫어지게 쳐다보면 꽃에게 실례가 되지 않을까?' 하고 걱정될 만큼 고양이들은 화분에 몰두했다.

슬슬 헤어질 시간이 다가와도, 어미 고양이는 끝내 나타나지 않았다. 사 형제의 나이를 고려했을 때 어미는 아마도 지붕을 떠난 모양이다. 보통 어미 고양이는 자식이 크면 내쫓듯이 하나둘 독립시키는데, 자식들에게 밥자리를 물려주고 떠나는 경우도 종종 있다. 사 형제의 어미도 지붕 영역을 물려주고 대신 떠난 것이리라. 풍족한 밥자리는 아니었지만, 네발 쭉 뻗고 잘 수 있는 것만으로도 고양이들에게는 귀중한 선물이지 않았을까. 머지않아 사 형제도 자신만의 영역을 찾아 뿔뿔이 흩어질 터. 그전에 어린 고양이들이 엄마가 물려준 지붕 위에서 부디 쑥쑥 성장하기를 바랐다.

길고양이를
칭찬하는 이유

내가 고양이를 찍을 때면 유난히 고양이에게 칭찬을 많이 건넨다고 한다. 몰랐는데 주변 사람들이 말해주고 나서야 깨달았다. '예쁘다, 귀엽다' 하고 마음속으로만 생각하면 될 것을 군이 입 밖으로 꺼낸 이유는, 고양이가 얼마나 귀하고 사랑스러운 존재인지 한 사람이라도 더 들어주길 바라서였다. 보물을 발견한 듯 사진을 찍고 있으면, 사람들이 조금 더 고양이들을 소중하게 보아주지 않을까.

"뭘 찍어요? 꽃을 찍나?"

봄은 길고양이들의 활동이 가장 왕성해지는 시기이니만큼 출사를 자주 다니는데, 이따금 촬영하고 있을 때 무얼 하는지 궁금해하며 다가오는 사람들이 있다. 길가에 쭈그려 앉아 들꽃이나 찍는 줄 알았는데, 고양이가 떡 있으니 이해할 수 없다는 표정이다.

이럴 때 대답은 언제나 정해져 있다. "네. 여기 고양이들이 너무 귀여워서요"라고 당당하게 말하는 것이다.

그러면 흔하디흔한 길고양이를 군이 왜 찍는지 의문스럽다는 듯 팔짱을 끼고서 구경하는 사람도 있고, 휴대전화를 꺼내 촬영에 동참하는 사람도 있다. 점점 고양이를 구경하러 온 사람들이 몰려들면 나도 모르는 새 "너무 귀엽다" "예쁘다" 하며 고양이들을 향해 칭찬을 마구 쏟고 있다.

칭찬은 고래도 춤추게 한다던가. 고양이도 마찬가지다. 따뜻한 시선과 관심을 받은 고양이는 갑자기 발라당 누워 구르거나 멋진 포즈를 취해 준다. 환호 속에서 고양이들은 묘하게 신난 얼굴이 된다. 고양이는 억양이나 리듬 등 음소의 차이로 어느 정도 사람의 말을 구별할 수 있다던데…. 칭찬도 찰떡같이 알아듣는가 보다. 정확한 뜻은 알지 못해도 자기를 좋아하는지 싫어하는지 정도는 아는 것이리라. 고양이를 칭찬하면 고양이는 물론, 사람들의 마음의 문도 열렸다.

예로부터 섬에는 육지보다 고양이들이 많이 산다고 했다. 특히 우도는 섬 속의 섬이니 고양이들을 쉽게 만나지 않을까 하는 기대감에 부풀었다. 우도까지의 여정은 제주 본섬에서 배를 타고 20분. 비교적 순탄한 여정이라 모든 게 순조로울 줄 알았지만, 예상 밖의 일이 일어난다는 여행의 법칙은 빗겨나지 않았다.

일이 잘 풀리지 않은 건 다름 아닌 바람 때문이었다. 입항할 때부터 심상치 않던 우도의 바람은 점점 더 거세졌다. 사방에서 몰아치는 바람에 정신이 혼미해질 지경이었다. 때마침 눈앞에 수제버거 가게가 떡하니 나타났다. 식도락의 유혹을 이기지 못하고 당장 식당으로 들어갔다.

'이토록 바람이 세니 고양이들도 숨어버렸을 거야!'

맛집이라고 소문난 만큼 훌륭한 점심 식사였다. 배도 부르고 쉴 만큼 쉬었겠다 고양이 찾기를 재개했다. 그러나 바람은 멎을 기미가 보이지 않았고, 고양이도 보이지 않았다. 마을 안쪽으로 좀 더 들어가면 상황이 나아질지도 모른다. 실낱같은 희망을 부여잡고 마을을 향해 하염없이 걸었다. 구불구불한 골목 하나하나 허투루 지나치는 일 없이 꼼꼼하게 살폈다. 집중력을 끌어모아 돌담이나 지붕 위를 샅샅이 관찰하기도 했다. 이따금 개나 말은 보였지만 고양이만 없었다.

숨은 고양이를 찾은 지 두어 시간쯤 지났을까. 다리가 저리고 눈도 뻐근해지기 시작했다. 마음이 조급해질 무렵, 저만치 멀리 노란 고양이 한 마리가 보였다. 드디어 우도에서 처음 고양이를 만난 것이다. 급할수록 돌아가라던가. 애써 들뜬 마음을 가라앉히고 느린 걸음으로 다가갔다.

가까이 가서 보니 무려 다섯 마리 고양이 가족이 있었다. 이럴 수가. 오늘 운은 여기 다 쓴 게 분명하다. 어미로 보이는 치즈 고양이와 쏙 빼닮은 귀여운 새끼고양이들이 바람을 막아주는 돌담 아래 한가로운 오후를 보내고 있었다. 게다가 어린 고양이들은 호기심 가득한 표정으로 내게 성큼성큼 다가와 주었다.

에메랄드빛 바다를 배경으로 촬영해보고 싶다는 바람에 우도를 찾았지만, 고양이들이 사는 곳은 아쉽게도 바다가 보이지 않는 마을의 한구석이었다. 그래도 애타게 찾던 고양이를 만나니 우울한 기분이 싹 사라졌다. 가뜩이나 바람을 싫어하는 고양이들이 털을 휘날리면서까지 시간을 내어주었으니 더욱 고마웠다.

신나게 셔터를 누르는 것도 잠시. 벌써 돌아가야 할 시간이었다. 현재 시각 네 시. 제주로 돌아가는 마지막 배는 오후 다섯 시였다. 우도 고양이들에 대해 겨우 알아가려던 참이었는데…. 시간이 정말로 금처럼 느껴졌다. '이럴 줄 알았으면 아까 햄버거를 먹지 않는 건데…' 생각하며 후회했지만 이미 늦었다. 마지막 배를 타지 않으면 묵을 곳도 마땅치 않거니와, 내일 스케줄도 꼬이고 만다.

'모두 건강하렴. 다음에 또 만나자.'

마음속으로 고양이들에게 인사하고 떠날 준비를 했다. 여행지에서 만난 고양이들과 작별할 때는 좀처럼 발걸음이 떨어지지 않는다. 다시 만날 날을 기약하기 어렵기 때문이다. 부디 다음에 우도에 갔을 땐 바람도 덜 불고, 좀 더 부지런한 내가 되기를. 그리고 오늘 만난 고양이들과 그들의 이야기를 들려줄 사람도 만날 수 있기를 소망했다.

고양이가 산다고 하여 일부러 찾아간 게스트하우스였지만, 고양이는 단 한 마리뿐이었다. 게스트하우스 주인은 "네 마리가 있었는데 한 마리 빼고 얼마 전에 모두 사라졌다"고 설명했다. 혼자 남은 고양이 이름은 나비. 때마침 나비가 다가오자 "애기야" 하고 불렀더니 게스트하우스 주인이 "나비예요"라고 단호하게 정정해 주었다. 처음 보는 고양이를 부를 때면 무조건 "애기야" 하고 부르는 습관 탓에 그만 실례를 범했다.

나비는 언제나 게스트하우스 주변을 서성였다. 조식을 먹으러 식당에 가면 근처에서 나비의 우렁찬 울음소리가 들렸다. 간식을 줘도 그때뿐, 지치지도 않고 울었다. 분명 사람을 부르는 울음소리기는 한데…. 아침이고 밤이고 너무 자주 울어서 무얼 원하는지 알쏭달쏭했다. 한창 형제들과 놀 시기에 혼자 지내는 게 심심해서 우는 건 아닐까 안쓰러웠다.

떠나기 전날 밤, 여행 내내 했던 걱정이 해소되었다. 해 질 녘 일정을 마치고 돌아오니 나비는 쥐를 잡으며 놀고 있었다. 쥐는 도망갈 틈을 노리고 있었지만, 나비는 쥐가 도망치려 하면 더 놀자며 제자리로 몰고 왔다. 그렇게 자주 울던 나비도 사냥에 집중할 땐 울지도 않고 사뭇 진지했다. 온 신경을 쥐에게 집중해 도망가지 못하도록 매서운 눈으로 지켜봤다.

나비가 그랬듯 고양이들은 사실 혼자 놀기의 달인이다. 어린 고양이들은 솔방울이 바람에 굴러가기만 해도 흥미로운지 동공이 커진다. 나뭇가지를 던져주면 사냥감인 줄 알고 잡아서 심각한 얼굴로 요리조리 정체를 확인한다. 나비처럼 혼자 지내는 고양이일수록 놀잇감 찾기의 귀재가 되는 듯하다.

어스름이 깔릴 무렵, 한적한 바닷가 마을을 걷고 있을 때였다. 해 질 무렵이 되면 은신처에서 낮잠을 자던 고양이들은 하나둘 일어나 활동을 시작한다. 해가 지기 시작하면 눈 깜짝할 새에 캄캄해지므로 고양이를 찾는 눈도 분주해진다. 그날 마주치는 고양이는 꽤 많았지만, 다가가는 족족 숨어버리는 바람에 마음이 초조했다.

이만 촬영을 접어야 하나 싶었을 때, 쫄래쫄래 마을을 배회하는 하얀 고양이가 눈에 들어왔다. 앞서 몇 차례 고양이를 놓친 터라 긴장이 됐다. 한 번의 사소한 실수로 고양이는 떠날 수 있으니 조심 또 조심해야 한다. 최대한 몸을 낮춘 뒤, 숨죽이며 고양이에게 다가갔다. 예상과 달리 고양이는 나를 신경 쓰지 않는 듯 첫 만남부터 뒷모습을 보여줬다.

오뜨라는 이름을 가진 이 하얀 고양이는 동네에서 유명한 고양이였다. 양쪽 눈 색이 서로 다른 오드아이여서 오뜨라는 이름을 붙여주었다고 한다. 주변에 챙겨주는 분이 있어서인지 오뜨는 사람에 대한 경계심이 적었다. 새하얀 코트가 말끔히 유지되고 있는 것도 모두 묘생에 여유가 있어 가능했던 것이리라.

오뜨는 내가 찾던 '묘델'임이 분명했다. 묘델은 묘(猫)와 모델 (model)을 합친 말로, 오뜨처럼 능숙하게 멋진 자세를 잡아주는 고양이들을 일컫는 별명이다. 오뜨는 모델이 런웨이를 걷듯 냥풍당당하게 거리를 활보했다.

"따라오라냥."

타고난 묘델인 오뜨는 이런저런 요청을 하지 않아도 자연스러운 포즈를 취하고, 배경 섭외까지 척척 해냈다. 나는 오뜨의 움직임을 좇아 사진에 어울리는 장면을 포착할 뿐이었다.

먼저 오뜨의 발걸음이 멈춘 곳은 고양이 발자국이 곳곳에 찍힌 시멘트 바닥 위. 오뜨는 무수한 냥발자국 위를 한 걸음씩 내디뎠다.

그때마다 마치 오뜨가 실시간으로 발자국을 찍어 내는 것 같은 착각이 들었다.

한바탕 뽐내기를 마친 오뜨는 따스한 햇살 아래 발라당 누웠다. 유심히 보니 배 한가운데 부푼 젖이 도드라져 보인다. 아무래도 새끼가 있는 모양이다. 배를 눈여겨보지 못했더라면 어미 고양이인 줄 눈치채지 못했을 것이다. 임신이나 수유 중인 고양이들은 대개 표정에 피곤함이 묻어 있다. 하지만 컨디션이 좋든 나쁘든 언제나 평정심을 유지하는 프로 모델처럼, 오뜨는 힘든 기색을 내비치지 않았다.

촬영 삼매경에 빠져서 날이 저물어 '햇살 조명'이 꺼져가는 줄도 몰랐다. 슬슬 촬영을 끝내야 할 때가 온 것이다. 짧았던 만남이 아쉽게만 느껴진다.

고양이도
성격 유형이 있다면

왼쪽부터 차례대로
콜라, 환타, 사이다, 밀키스.

요즘 세간에 유행하는 MBTI 성격 유형 검사를 보면서, 재미 삼아 고양이들의 성격 유형도 추측해보았다. 이번 검사에 참가(?)한 고양이 가족은 약 두 달 전부터 알게 된 밀키스네다. 엄마 고양이 밀키스는 주택가에서 콜라, 환타, 사이다라는 이름의 새끼들과 함께 살고 있다. 성격 유형 검사에 필요한 준비물은 과거에 촬영한 사진과 내 머릿속 고양이들의 이미지이다.

콜라는 가장 알기 쉬운 성격이었다. 엄마에게 달라붙어 떨어질 줄 모르는 '응석받이형'이다. 어찌나 엄마에게 박치기를 해 대는지. 저렇게나 자주 머리를 들이받으면 두통이 오지는 않을까 생각이 들 정도로 콜라는 엄마 밀키스를 졸졸 따라다녔다. 게다가 사람과도 곧잘 지냈다.

정반대로 독립적인 고양이도 있었다. 환타는 전형적인 고양이 성격이었다. 다른 형제들은 엄마를 찾기 바빴지만, 환타는 고독하게 있는 걸 선호했고 개인 공간을 중요시했다. 먼저 다가가지는 않았지만, 오는 고양이는 막지 않았다. 개인주의 성향이 강한 환타는 '마이웨이형'이다.

늘 한 발짝 뒤로 물러서서 관찰하는 사이다는 '관찰형'이다. 고양이들이 무얼 하나 일단 지켜보고 재밌을 것 같으면 다가갔다. 환타가 구르면 다가가서 함께 놀아볼까 고민하는 눈치였고, 콜라가 엄마를 따라다니며 애정 표현을 할 때는 잠시 머뭇거리다가 합류했다.

어느 모임에나 '리더형'이 한 명쯤 존재하는데, 밀키스가 바로 고양이들의 리더였다. 밀키스는 대체로 자식들의 장단에 맞춰 주는 성격이었다. 어미 고양이들 중에는 밀키스처럼 자식들을 두루두루 감싸주는 리더형이 많을 것이다. 물론 예외인 경우도 있으며, 밀키스도 자식들이 독립할 시기가 되면 자식을 내치기 바쁜 '호냥이형'으로 바뀌고 말 것이다.

엄마에게서 떨어질 줄 모르는 응석받이 콜라.

일반적으로 고양이는 독립적이라는 인식이 있다. 하지만 몇 가지 유형으로 구분하기 어려울 만큼 고양이 성격은 각양각색이다. 한 핏줄이든, 같은 환경에서 자랐든, 얼마나 닮았든 하늘 아래 똑같은 고양이는 없다.

성격은 제각각이지만 우리는 한가족이다냥!

꼬리로 사랑을 말해요.

한여름이 되면 고양이들은 띄엄띄엄 떨어져 각자만의 시간을 보낸다. 찰싹 붙어 다니던 고양이 커플들도 땡볕 더위 앞에서는 자연히 거리를 두기 마련이다. 그런데 유독 거리 두기에 괴로움을 호소하는 고양이가 있었다. 바로 한 살짜리 고양이 콜라다.

본격적인 더위가 시작된 어느 날. 고양이 가족은 그늘 아래 외딴섬처럼 떨어져 있었다. 더위를 피하기 위한 가장 좋은 방법은 가만히 눈을 감고 미세한 바람을 느끼는 것. 고양이들은 미동 없이 고요했다.

"심심해서 못 참겠다옹!"

콜라는 정적을 깨고 엄마 밀키스에게 다가갔다. 삼색 고양이 밀키스는 더위에 지쳐 놀아줄 기운이 없어 보였지만, 기운 넘치는 콜라는 포기할 줄 모르고 엄마 곁을 맴돌며 자꾸만 칭얼댔다. 평소 같으면 밀키스도 콜라의 장단에 맞춰줬을 것이다. 그렇지만 더위가 더위인지라 콜라가 졸졸 따라다니면서 떼를 쓰며 졸라도 밀키스는 무반응으로 일관했다.

급기야 콜라는 까칠한 누나 캔디바에게 다가가는 대담한 행동을 시도했다. 참고로 콜라는 누나와 데면데면한 사이다. 지금껏 화목한 모습을 보인 적은 단 한 번도 없었다. 그래도 심심하니 밑져야 본전이라 여겼는지, 콜라는 발라당 누워서 장난스럽게 구르면서 앞발로 누나를 톡톡 건드렸다. 어서 놀아달라는 신호였다.

역시나 캔디바에게 접근한 것은 한참 잘못된 선택이었다. 콜라의 돌발행동에 심기가 거슬린 캔디바는 "하악!" 소리를 내며 몹시 화를 냈다. 콜라는 울컥했다. 어제까지만 해도 잘 놀아주던 엄마가 무관심하니, 누나라도 자기랑 놀아줬으면 하는 마음으로 장난을 친 것뿐인데 어째서 그리 매섭게 짜증을 내는지.

가을에 태어난 콜라는 한여름이 되기까지 한 번도 혼자인 적이 없었다. 겨울에도 봄에도 언제나 형제들과 엄마가 곁에 있었다. 한평생(?)을 붙어 다닌 사이인데 이제 와 떨어져 지내자니 견딜 수 없는 모양이었다. 다른 고양이들은 계절의 법칙에 잘만 따라 사는데, 어째서 콜라만은 혼자 있는 게 이토록 어려운 걸까.

'오늘은 아무도 나랑 어울려주지 않는다옹. 어차피 묘생은 혼자인 거냥!'

콜라가 홀로 서러움을 삭이고 있는데, 멀리서 형제인 치즈 냥이 사이다가 다가왔다. 눈이 마주쳤으니 인사라도 하려나 보다 생각하던 그때, 사이다가 콜라 옆에 털썩 눕는 게 아닌가.

"그래, 콜라 옆엔 역시 사이다가 최고지!"

나도 모르게 안도의 한숨이 터져 나왔다. 사이다는 콜라가 하루 동안 겪은 일들을 알 리 없었지만, 지금 무척 쓸쓸해 한다는 것만은 아는 것 같았다. 한날한시에 태어난 사이인 만큼 둘만의 텔레파시라도 통하는 것일까. 그렇게 두 고양이는 서로에게 기대어 한동안 함께였고, 이제 콜라는 외로워 보이지 않았다.

쌀쌀한 바람이 불던 날, 바닷가 마을을 여행하고 있었다. 바닷가에는 예로부터 고양이가 많이 산다. 특히나 횟집 근처에는 고양이들이 참 많다. 고양이가 몰려다니는 걸 싫어하는 사람들에게 핍박을 받기도 하지만, 다행히 이 동네에서는 가게마다 고양이들을 다정히 돌봐주고 있었다.

치즈 고양이 한 마리가 횟집 앞 야외 탁자에 앉아 있는 걸 발견한 나는, 자석에 이끌리듯 어느새 그 앞에 서 있었다.

'여기서 호객행위라도 하는 걸까?'

고양이는 지나가는 사람들을 구경하면서 누가 다가오든 신경 쓰지 않았다. 횟집 손님들이 관심을 보이며 말을 걸어도 초지일관 눈을 반쯤 감은 채 시큰둥했다. 이런 걸 '냥 무시'라고 하나.

이 고양이가 반응하는 유일한 사람이 있었으니, 바로 횟집 사장님이었다. 사장님이 나타나자마자 고양이는 퉁 하고 둔탁한 소리를 내며 뛰어내렸다. 꼬리를 한껏 빳빳하게 세우고 헐레벌떡 뛰어가는 걸 보니 횟집 사장님과 깊은 사이인 게 분명했다.

고양이 이름을 물어보니 '쁜이'라고 했다. 처음엔 통통한 몸매만 보고 "아, 뚱이요?" 하고 답했는데, 나의 편견 탓에 잘못 들은 것이었다. 고양이가 얼마나 예쁘면 이름을 '쁜이'라고 지었을까. 가게 주인이 "쁜이야~" 하며 환한 얼굴로 고양이를 반기니 손님들도 덩달아 고양이들에게 따뜻한 시선을 보내는 것 같았다.

쁜이가 처음부터 통통했던 것은 아니었다. 처음 모습을 드러냈을 때만 해도 작고 깡마른 모습이었다. 가여운 마음에 이것저것 고양이 음식을 사다 먹였더니 살이 통통 올랐다. 신뢰가 두터워지자 쁜이는 가족까지 데려와 인사시켰고, 마음씨 좋은 사장님은 쁜이네 가족의 보금자리까지 마련해 주었다.

사장님의 안내를 따라 횟집 건물 뒤편으로 가 보니 쁜이네 가족들이 신상 겨울집에 모여 있었다. 쁜이의 짝꿍인 삼색 고양이 찰리와 두 아이까지, 모두 오동통한 걸 보니 편안한 묘생을 보내는 것 같다.

뿐이처럼 예쁜 이름을 가진 길고양이를 만나면
이름을 지어준 사람의 애정이 와 닿아 뭉클해진다.

반려동물과 함께 사는 사람들에겐 공통점이 하나 있다. 바로 시도 때도 없이 '자식 자랑'을 하고 다닌다는 것이다. 제주도 어느 농장에서 만난 아저씨도 고양이들 자랑이 대단했다.

이 농장은 제주에서도 남쪽에 있어 한겨울에도 유채꽃, 동백꽃이 만발한 아름다운 곳이었다. 하지만, 꽃보다 눈을 사로잡은 것은 고양이였다. 유채꽃밭 사이를 거닐던 쌍둥이 고양이들과 눈이 마주쳤다. 사랑을 많이 받고 자랐는지 낯선 사람에게도 호의적이었다.

"얘네 좀 봐. 너무 귀엽다."

꽃 구경을 하던 관람객들도 고양이들을 발견하고서 다가왔다.

"고양이들 참 귀엽죠?"

멀리서 트럭 한 대가 속도를 낮추며 다가오더니 창문을 내렸다. 운전석에 앉은 아저씨는 고개를 창문 밖으로 내밀며 고양이들을 바라봤다. 보고만 있어도 배부른지 흐뭇한 표정이었다. 고양이들에 대해 이것저것 묻고 싶은 게 많았지만, 아저씨는 농장 일이 한창 바빴는지 서둘러 떠나버렸다.

쌍둥이는 꽃밭을 누비고, 나무를 타고, 서로 싸움 놀이를 하며 구경하는 사람들을 미소 짓게 했다. 고양이를 보는 이들 간에 추측이 난무하기 시작했다. 농장에서 기르는 고양인지, 이름은 뭔지…. 이토록 귀여운 고양이들의 정체가 무엇인지 궁금증 어린 대화가 한마디씩 오갔다.

때마침 아까 그 트럭 아저씨가 다시 돌아왔다. 그는 "얘들은 쓰다듬어 주는 것도 좋아해요"라고 넌지시 일러주곤 빠른 걸음으로 사라졌다.

이번에야말로 고양이들 이름이라도 물어보리라 마음의 준비를 하던 참이었다. 하지만 그는 그 한마디만 남기고 사라졌다. 결국, 아저씨에게 아무것도 물어보지 못한 채 자리를 떠나야 했다. 하긴, 이름을 물어봐도 너무 똑같이 생겨서 금방 잊어버렸을 것이 분명하다. 이것만은 확실했다. 농장 일로 바쁜 아저씨가 잠시 멈춰 자랑할 만큼 고양이들은 사랑스러웠다는 점.

집사라면 대부분 농장 아저씨처럼 자기 고양이 자랑을 한다. 휴대전화 배경 화면을 고양이 사진으로 설정하는 것은 기본이고, 고양이 전용 SNS 계정을 만들어 사진을 올리는 집사들도 꽤 있다. 매일은 아니어도 틈틈이 찍어둔 우리 집 귀여운 고양이 사진을 다른 사람들에게 보여주는 것은 소소한 즐거움이다. 아무리 바쁘더라도 세상 사람들에게 '내 새끼' 자랑을 하고 싶은 건 모든 집사들의 솔직한 심정이 아닐까.

‘단짠단짠’의
기적을 믿는 할머니

31.

길고양이를 찾아 낯선 동네를 돌아다니다 보면 '인생은 단짠단짠'이라는 말이 가슴에 와닿는다. 길고양이들의 녹록지 않은 상황 때문에 마음이 무겁다가도, 불과 몇 분 뒤에 훈훈한 광경을 목격할 때가 있기 때문이다. 물론 반대인 경우도 있지만, 마음이 쓰라리고 속상한 일에도 반드시 끝은 있다는 사실은 큰 위안이 되곤 한다.

마음씨 좋은 할머니와 발랄한 고양이들을 만난 건 서울의 어느 경치 좋은 골목에서였다.

"나비야, 냥냥아!"

해 질 무렵, 고양이들의 이름을 부르며 한 할머니가 대문 밖으로 나왔다. 골목 구석구석을 살피며 고양이를 찾는 할머니의 목소리를 듣고 동네 사람들이 삼삼오오 모이기 시작했다. 좀 아까 요 앞에서 고양이를 봤다는 둥, 제보도 할 겸 나선 이웃들과 할머니의 수다는 끊이지 않는다.

호랑이도 제 말 하면 온다더니, 잠시 후 고양이들이 잇따라 모였다. 할머니를 닮아서인지 다들 넉살이 보통이 아니었다. 길고양이들은 사람이 곁에 있으면 긴장하는 경우가 대부분이어서 그들끼리 다정한 시간을 보내는 모습을 보려면 꽤 오랜 기다림이 필요하지만, 이곳에선 첫 만남부터 정다운 모습을 포착할 수 있었다.

고양이들이 평온한 나날을 보낼 수 있던 이유는 할머니 덕분이었다. 할머니는 하루도 거르지 않고 고양이들을 보살피신다. 시작은 삼색 고양이 '나비'의 엄마가 어린 자식들을 데리고 할머니 집으로 찾아왔을 때부터였다.

안타까운 마음에 고양이들을 챙겨준 지 벌써 여섯 해. 이 골목의 고양이들은 길고양이의 평균 수명인 세 살을 훌쩍 넘은 다섯 살이다. 처음에는 그저 불쌍하게 보이던 고양이들이 이제는 정들어 손주처럼 귀여워 보인다고 하신다.

오랜 세월 고양이를 돌본 만큼, 할머니께도 잊지 못할 고비는 있었다. 고양이에게 호의를 가진 주민도 많아진 편이지만, 예전에는 고양이들을 못마땅해하는 사람도 많았던 모양이다. 할머니네 찾아오는 고양이 중 '똘똘이'라는 고양이는 어린 시절 형제를 잃었다. 누군가가 먹이에 탄 쥐약을 먹고 만 것이다. 형제를 눈앞에서 잃은 충격 때문에 똘똘이는 지금도 사람 앞에서 편히 밥을 먹지 못한다. 그런 똘똘이를 볼 때마다 할머니는 딱한 마음이 든다고 하신다.

크고 작은 인생의 굴곡을 겪으며 위축될 만도 하지만, 지금도 할머니는 사람을 믿으신다. 낯선 나조차 살갑게 맞이할 정도로 인자한 분이셨다. 고양이 사진 찍는 것도 힘든 일이라며 잠시 앉아 쉬다 가라고 말씀하셨을 땐, 내색하진 않았지만 뭉클했다. 여행지에서 이토록 따스한 대접을 받는 일은 좀처럼 없으므로.

나비의 어미 세대 때만 해도 여느 동네의 길고양이처럼 따가운 눈총을 받았지만, 할머니의 진심이 주민들에게 가 닿았는지 어느새 고양이들은 골목의 구성원으로 인정받는 중이다. 고양이들의 이름을 할머니처럼 정확히 외우는 분은 보지 못했지만, 고양이들

을 바라보는 주민들의 시선에서 애정이 느껴졌다.

할머니는 달고 쓴 일이 반복되는 인생 속에서 '단맛'의 희망을 믿으시는 것 같았다. 세상에는 고양이를 싫어하는 사람도 있지만, 좋아하는 사람도 있다는 희망. 그리고 앞으로 점점 더 상황이 나아질 거란 기대도.

동네 주민들에게 미소 띤 얼굴로 인사를 건네는 할머니는, 무언가 굳은 결심을 한 것처럼 결연해 보였다. 어쩌면 혼자만의 힘만으로는 고양이들을 지키기 어렵다는 걸 아는 만큼, 밝게 살아가기로 결심한 것일지도 모르겠다. 모든 세상일이라는 게 그렇듯 길고양이를 둘러싼 갈등을 해결하는 데도 여러 사람의 도움이 필요할 테니.

소중한 것을 지키는 과정은 고생스럽다. 때로는 끝이 없는 것처럼 아득하다. 그렇기에 삶이 쓰디쓸수록 '이 또한 지나가리라'라는 긍정적인 마음이 중요해진다. 언젠가 나도 인생 경험이 쌓이면 할머니처럼 포용력이 생길까. 사소한 일로도 휘청대는 젊은 시절을 착실히 보내고 나면 내 마음도 부쩍 넓어져 있을까.

32

어릴 적 살던 동네에서 '고양이 여행'하기

　언젠가부터 부모님은 내게 길고양이 사진을 보내주신다. 평생 고양이에게 전혀 관심이 없던 두 분이지만, 언니와 내가 뽀또와 오레오를 입양하고 난 후부터 길고양이가 눈에 들어오는 듯했다.

　처음에는 여행 중 우연히 만난 길고양이 사진을 한두 장씩 보내시더니 최근에는 동네 고양이 사진도 종종 보내신다. 동네에 길고양이가 많다는 사실을 알게 된 뒤부터, 부모님 댁에 갈 때마다 고양이들에게 줄 간식과 사료 등 이것저것을 챙겨 간다.

　고양이를 찾아 어릴 적 살던 동네를 오랜만에 한 바퀴 돌아보았다. 부모님 집에서 독립해 떠난 지 어느덧 3년. 동네는 여전한 듯하면서도 조금은 달라져 있었다. 새로 지은 고층 건물과 오픈한 지 얼마 안 된 아기자기한 카페, 낯모르는 주민들도 많이 보였다. 동네 분위기가 예전보다 한층 밝아진 느낌이었다.

길고양이들을 위한 급식소가 군데군데 보이는 것도 소소한 변화 중 하나다. 인근 아파트 단지에 길고양이 급식소가 눈에 보이는 것만 대략 서너 개였다. 깔끔한 걸 보니 매일 관리하시는 분이 있는 모양이었다. 그곳에서 나이 지긋한 고등어 고양이와 터프한 인상의 까만 고양이를 발견했다. 환한 대낮에 이리도 쉽게 고양이를 발견하다니. 그동안 나의 고양이 찾기 능력이 향상된 것일까, 이 동네의 고양이들이 사람 친화적으로 변한 걸까?

훈훈한 기분을 간직한 채 고양이를 찾으러 또다시 발길을 옮겼다. 주상복합 건물 아래서 아직 앳된 고양이 한 마리가 세상모르고 낮잠을 자고 있었다. 때마침 지나가던 동네 주민 말로는, 여기 사는 고양이들은 새끼 때부터 사람들 틈 속에서 자라 느긋함이 몸에 배어있다고 했다. 고양이의 이름을 묻자 모두들 '야옹이' 혹은 '냥이'라고 부른다고 하셨다. 동네의 마스코트 고양이에게 예쁜 이름이 없다는 사실이 아쉬워, 치즈 냥이에게 '버터링'이라는 이름을 지어주었다.

버터링은 노부부를 가장 따랐다. "야옹아~"하고 부르는 할아버지 목소리를 듣자마자 버터링은 어린 손주처럼 신이 나서 할아버지 품으로 달려갔다. 내가 어릴 때만 해도 동네 어르신들은 대부분 고양이를 보면 겁주듯 "이놈~" 하면서 호통치시곤 했는데, 요새는 세대와 무관하게 길고양이를 좋아하는 분들이 늘었다.

할아버지는 능숙한 솜씨로 버터링이 좋아하는 캔 간식을 하나

따 주셨는데, 버터링은 밥보다는 할아버지가 더 놀아주길 원했는지 응석을 부렸다. 그 마음을 읽은 할아버지는 시원하게 버터링의 목 주변과 배를 긁어주었다. 할아버지와 고양이의 별일 없는 일상, 평화로운 한때는 천천히 흘렀다.

날이 저물고 짐을 챙겨 집에 돌아가려고 하니 버터링의 모습이

아른거려, 마지막으로 한 번 더 만나러 갔다. 하지만 한나절 사이 벌써 나를 까맣게 잊은 걸까. 다가가려 하자 은신처로 쏙 숨어버렸다. 얼마간 쪼그려 앉은 채로 기다리니 그제야 모습을 드러냈다. 엄청난 친화력의 소유자였지만, 모든 사람을 공평히 맞이하는 것은 아닌 모양이었다.

사교성 좋은 길고양이들도 처음 보는 사람보다는 자주 자기를 만나러 와 주는 사람을 좀 더 좋아한다. 자주 봐야 정이 드는 것은 사람도 고양이도 마찬가지인가 보다. 고양이마다 정도의 차이는 있지만, 경험상 고양이가 사람을 기억하는 데는 최소 두세 번의 만남이 필요한 것 같다.

닭가슴살을 먹기 좋게 찢어 주고 "다음에 또 만나러 오겠다"고 약속했다. 몇 번 더 만난 후엔 내 얼굴을 기억해주겠지. 그때까지 인심 좋은 동네 사람들과 행복한 추억을 많이 만들기를 바랐다.

"기운 내라냥~" 고양이에게 쓰담쓰담을 받았습니다.

나는 어릴 적부터 내가 있는 곳을 사랑하지 못하는 사람이었다. "세상은 반드시 이래야 한다"는 이상이 있었고, 바라는 모든 걸이룬 뒤에야 행복을 얻을 수 있다고 믿었다. 그러나 세상이 원하는대로만 돌아갈 리 없었고, 언제나 행복은 손에 잡히지 않는 먼 곳에있는 것처럼 느껴졌다. 그럴수록 삶에 대한 불만은 걷잡을 수 없을정도로 커져 갔다.

혹시 주변 환경이 바뀌면 나아지지 않을까 하는 막연한 기대를품고 대학 시절 교환학생으로 1년간 일본 유학을 떠났지만, 여전히 마음은 방황하고 있었다. 심지어 졸업 후에 해외로 취업해서 이민 가고 싶다고까지 생각했다. 멀리 떠난다고 근본적인 결핍이 해결된다는 게 아니라는 걸 어렴풋이나마 알면서도.

결국 내 안의 괴로움이 쌓여 곪아 터지면서, 마음뿐 아니라 몸도아파지기 시작했다. 절대안정이 필요하다는 주치의의 소견에 따라멀리서 행복을 찾겠다는 인생 계획을 단념해야 했다. 외국에 나갈 수없게 되자, 그동안 준비했던 일들을 모두 내려놓을 수밖에 없었다.

인생의 목표를 갑자기 잃고 앞으로 뭘 해야 할지 막막할 때 내게 고양이가 운명처럼 찾아왔다. 언제나 몸과 마음이 따로였던 나를 고양이들은 '지금 이 순간, 지금 여기'에 살게 했다. 고양이는 태생적으로 현재만을 살아가는 존재다. 그들의 빛나는 순간을 포착하기 위해서는 나 또한 그 순간에 몰입해야만 했다. 그러면 자연스레 걱정 근심이 사라지고 살아 있다는 기분이 들었다.

사랑은 돌고 돕니다.

동네에서 우연히 뽀또를 만난 이후 틈만 나면 고양이들을 찾아 여행을 떠났다. 처음에는 집 근처 공원으로, 다음엔 버스와 기차를 타고, 그다음에는 비행기를 타고 더 멀리 떠났다. 물론 모든 여행지가 아름답지는 않았다. 하지만 삭막한 풍경과 단조로운 장소조차, 그곳에 고양이만 있다면 특별한 이야기를 품은 공간으로 바뀌는 동화 같은 경험을 할 수 있었다.

여전히 나는 혼란스러운 세상에서 살지만, 마음이 어두워질 때면 고양이 여행을 떠올린다. 작은 몸으로도 험난한 이 세상을 씩씩하게 살아가는 길고양이들, 그런 고양이들을 사랑으로 품어주는 아름다운 사람들…. 보석 같은 추억은 다시 일어날 용기를 주었다. 그렇게 태어나서 처음으로 내 삶과 나를 둘러싼 세상을 긍정하게 되었다.

어쩌면 처음부터 나에게는 고양이가 필요했던 것일지도 모른다. 늘 헛헛한 기분만 가지고 돌아온 지난 여행과는 다르게 비로소 꽉 찬 행복감을 느꼈다. 애정 어린 시선으로, 있는 그대로의 세상을 보기 시작할 때 그토록 원하던 행복은 어느새 내 곁에 다가와 있었다.

내 앞에 놓인 시간이 힘들게만 느껴졌던 시절이 있었다.
하지만, 삶의 의미를 찾는 여정이 인생에서 꼭 필요했다는 걸
이제는 안다.

누군가에게는 곁에 있는 사람, 나무, 밤하늘이 삶의 원동력이듯
내게는 고양이가 인생의 등불이 되어 주었다.
그런 소중한 존재를 이번 생에 만난 것만으로도 정말 다행이다.

고양이를 만나면서 희망이 생겼고 마음도 한결 밝아졌다.
그 고마움에 어찌 보답해야 할지 고민하다 내린 결론은
한 가지였다.

고양이에게서 발견한 빛나는 순간을 사진으로 전하는 내 작업이
그들의 삶에 조금이라도 도움이 되기를 바라며
앞으로도 이 여행을 이어 나가고 싶다.

진소라

대학에서 일어일본학을 전공했다. 2019년 봄 우연히 만난 동네 고양이 '뽀또'를 카메라에 담기 시작하면서 길고양이의 매력에 빠져, 3년째 길고양이 사진작가로 살고 있다. 2020년 5월부터 네이버 동물콘텐츠 공식 포스트 ㈜동그람이에 사진 칼럼 <진소라의 숨은 냥이 찾기>를 연재 중이다. 고단한 현실 속에서도 씩씩하게 살아가는 길고양이와, 그들을 사랑으로 감싸주는 사람들을 만나기 위해 가까이 때론 멀리 여행을 떠난다. 길고양이와 숨바꼭질하지 않아도 되는 세상을 꿈꾸며 글을 쓰고 사진을 찍는다. 저서로 《숨은 냥이 찾기》가 있다.

인스타그램 @cat_by_snap

우리보다 조금 더 따뜻한 고양이의 시간

숨은 냥이 찾기

ⓒ2022. 진소라

초판 1쇄 인쇄 2022년 1월 20일
초판 1쇄 발행 2022년 1월 31일

글·사진	진소라
펴낸이	고경원
편집	고경원
디자인	131WATT

펴낸 곳	야옹서가
출판등록	2017년 4월 3일(제2020-000107호)
주소	서울시 마포구 월드컵북로 400, 5층 19호
전화	070-4113-0909
팩스	02-6003-0295
이메일	catstory.kr@gmail.com

ISBN 979-11-91179-05-7 (03810)